徳 間 文 庫

C（シー） F（エフ）

吉村萬壱

徳 間 書 店

登場人物

高梨恵　　　　クラブホステス
野崎浩子　　　主婦
野崎道太郎　ＣＦ労働者。浩子の夫
野崎翔　　　　浩子の連れ子
平野明　　　　浩子の大学時代の同級生
平野京香　　　明の妻。浩子の大学時代の後輩
平野綾乃　　　明と京香の娘。小学生
渡辺宏　　　　ＣＦで五年働いた後退職した男
森嶋由紀夫　テロリスト
松前清和　　　野犬狩り。森嶋の仲間
〈Ｂ〉　　　　爆弾担当
〈Ｓ〉　　　　作戦担当
豊崎和子　　　ＣＦ第十八細胞チーフ
北岡雄二　　　豊崎和子のもとを訪れた青年
菅原哲明　　　ＣＦ社長
宝月誠仁　　　ＣＦ広報戦略会議室長
山口邦武　　　元外務省事務次官

一 〈高梨(たかなし) 恵(めぐみ)〉

「めぐみちゃん」

最初は、母が自分の名前を呼んでいると思った。しかし母は「めぐみちゃん」ではなく「メグちゃん」と呼んでいた。母のその細く力のない声は、今も耳の奥に微(かす)かにこびり付いている。自分のことを「めぐみちゃん」と呼んでいたのは、近所のおばちゃんや学校の先生みたいに、自分から少し距離のある人達だった。どちらにしろ、既に大人になっている自分を「ちゃん」付けで呼ぶ人などいる筈(はず)がない。だから自分はまだ子供で、従ってこれは夢なのだと高梨恵は考えた。

「恵ちゃん、四番に入って頂戴」

高梨恵はハッとしてカウンターの中のママの顔を見た。

「何あんた、目を開けたまま寝てたの？」ママの顔はアザラシに似ている。

「済みません」

「時給、一時間分返して貰おうかね」

こういう時に高梨恵は上手く笑うことが出来ない。サクラならきっと冗談めかして軽く受け流すのだろうが、高梨恵には本気で時給を天引きされるかも知れないと考え、今月の遣り繰りを計算し直しかねないような後ろ向きの真面目さがあった。しかし、恰も暗い時代をそのまま映したようなその性格に誘蛾灯のように引き寄せられる客もいて、ママはそんな客に彼女を上手く宛がった。

さっきまでカウンターで飲んでいた鉄工所の桐山社長は、高梨恵が店の外まで見送って手に持たせた雨傘の代わりに、一枚の紙切れを彼女に握らせてきた。見当違いな傘の差し方で忽ち小雨に濡れていく桐山社長の丸まった背中を見送りながら、彼女は内容を見もせずに丸めて足元の溝の中に投げ捨てた。大きな仕事が取れずに鉄工所の経営はジリ貧で、酔うと決まって「恵ちゃん、一緒に死のうか」などと言ってくる還暦間近の小男だった。どうせまた厭世的な辞世の句か何かだろう。

「四番よ」

「はい」

四番のボックス席には、サクラと二人の中年のサラリーマンがいた。カブトムシの幼虫のような白いプチ餃子が一つ、煙草の吸殻と並んで皿からミニテーブルの上に落ちているのを高梨恵は見た。「いらっしゃいませ。失礼します」と言って、サラリーマンの二人を挟む形でサクラの反対側に小さな腰を下ろす。太り肉のサクラに比べると、高梨恵の体は半分ぐらいに見えるだろう。ここに来る客は、店に入るなり瞬時に女達の顔と体を鑑定するのが常である。今日は休みで店にいないミチコが一番人気で、サクラ、高梨恵と続く客の評価は不動だった。わざわざ高梨恵を指名してくるような客は、桐山社長のような顔に半ば死相の出ているような客か、泥酔して誰が誰だったか見分けが付かなくなった客、店の女を罵倒して憂さを晴らしたい客などに限られている。ボックス席にミチコがやってくると客の瞳は決まって輝いたが、高梨恵にそんな視線を送る者はいない。この時の二人も、わざわざ話を中断させて高梨恵に何か言葉を掛けるような面倒な真似はしなかった。

「また絶対、CF(シーエフ)絡みだな」バーコード頭のサラリーマンが言って、焼酎のロックを呷(あお)った。

「そうすね。例によって処理しちゃったのは間違いないすよ」と天狗鼻のサラリーマンがそれに応じて、ウイスキーの水割りを飲み干してテーブルに置いた。すかさずサクラがそのグラスを引き取ってウイスキーと氷を注ぎ足し、高梨恵に向かって「あんたも早くバーコード頭のグラスに焼酎を注ぎ足して」とアイコンタクトで伝えてきた。しかしその時、バーコード頭がひょいとグラスを持ち上げて氷をカラカラいわせたので、高梨恵はタイミングを逸した。「ドジッ」と言わんばかりの微かな舌打ちを聞かれたと思ったのか、サクラが咄嗟に「何の話ですか?」と明るく男達に訊(き)いた。

「チルネック疑獄だよ」バーコード頭が言った。

「ああ、あれかあ」サクラが大袈裟に頷(うなず)く。

「誰が見ても真っ黒なこんな悪質な贈収賄でも、やっぱりCFに掛かると見事にチャラになっちゃうんすもんね」天狗鼻はサクラに注がれたグラスを早速口に運んだ。

「結局この世は金なんだよな」バーコード頭がグラスを振り、飛び出した氷が高梨恵のスカートの上に落ちた。

「全員不起訴。誰一人罪を問われない。サクラちゃん、これどう思う?」そう言いながら、天狗鼻はサクラのむっちりとした太腿に手を置いた。

「お金持ちはずるいと思う!」

「だよねぇ」天狗鼻はそう言いながら、盛んにサクラの太腿を撫で回す。

　高梨恵のアパートにはテレビがないが、この事件についてはラジオやネットニュースを見て大体のところは知っていた。抗精神病薬チルネックの許認可を巡る大規模な汚職事件である。総理大臣を含む多くの政治家、官僚、製薬会社の役員が関係し、国会でも大きな問題となった。そしてこの手の事件の御多分に漏れず、公文書偽造、偽証、そしてそれらに具体的に関わった公務員の自殺と製薬会社社員の不審死と続けば、国民の目からもその罪状は誤魔化しようのないものと見えたが、蓋(ふた)を開けてみれば全員不起訴処分となり、検察審査会が強制起訴したにも拘(かか)わらず昨日再び不起訴の決定が下されていた。

「お上(かみ)は全くしたい放題だよな?」

バーコード頭がそう叫んでテーブルに叩き付けたグラスを、高梨恵はひょいと取り去って氷を入れた。

「だよな?」

高梨恵は氷の上に慎重に焼酎を注いでいる。

「あなたに訊いてるんですけれども」

彼女が視線を上げると、バーコード頭の顔が目の前にあった。

「あ。そう思います」

「だろ?」

「はい」

バーコード頭の口から吐き出されたプチ餃子と焼酎と煙草の混ざった呼気に直撃され、高梨恵は思わず息を止めた。それをバーコード頭に悟られたような気がして、彼女は小さく固まった。客の話題がプロ野球やプロゴルフや相撲などになると、スポーツ好きのサクラと違って押し黙って聞いているしかない高梨恵だったが、チルネック疑獄についてなら何か気の利いたことの一つも言えるかも知れないと思ったのは一瞬だけで、結局いつもと変わらずろくな言葉は出てこない。自分に足りないのは知識と言うより自然な会話力なのだと彼女は思った。その証拠に、このニュースについて明らかに余りよく分かっていないらしいサクラの方が、断然場の空気を上手く盛り上げている。

「この事件がこのような結末を迎えたのは、なぜだか分かりますかサクラちゃん」天狗鼻が訊いた。

「いっつもこんな感じじゃん？」

「正解！　この国ではいつも、どんな罪を犯しても責任という責任が全部有耶無耶になってしまうのです」

「それって、今流行りのやつじゃない？」

「その通り！」

天狗鼻の手がサクラの薄手のワンピースの裾を少しずつ捲っていき、白い肌があらわになるのを見て対抗意識を燃やしたのか、バーコード頭が太腿の上に手を乗せてきたので高梨恵は更に固まった。

「ＣＦの手に掛かると……」バーコード頭が言った。

「ＣＦってあのお化け煙突のことだよね？」サクラが捲れた裾をさりげなく戻しながらそう言い、バーコード頭が焼酎のグラスを掲げながら「そう」と大きく頷いた。

「あの煙突、ずっと蒸気出してるんですけど」

それに答えようとしたバーコード頭を制して、天狗鼻がサクラの顔に自分の顔をくっ付けんばかりにして答えた。

「あれは犯罪の責任を、特殊な処理技術を使って蒸気にして消してるんですよ」

「それ、聞いたことある！」

「でしょ。蒸気が絶えないのは、ひっきりなしに責任が処理されてるからで、それだけこの国は毎日やばい犯罪がてんこ盛りってことなんすよね」

「でも責任なんて目に見えないものを、処理出来るわけないじゃんか」

「それが出来るんです」

天狗鼻はそう言うと特大のゲップをした。

「餃子臭い！　ちょっと、ビール貰っていい？」

「どうぞどうぞ」

「恵ちゃんの分もいい？」透かさずサクラがそう言ったので、少しぼんやりしていた高梨恵はハッとした。

「勿論（もちろん）」と今度はバーコード頭が答え、その代わりにと言わんばかりに高梨恵の太腿の裏に手を回してきた。

「ママ、ビール二本お願い」

サクラのこういう商売上手なところを見習わなければ、と高梨恵は思った。と同時に、犯罪の責任を消してしまうＣＦについては、自分の方が少し知識がありそうだとも感じた。それを直感的におかしいと感じて何の躊躇（ためら）いもなく否定出来るところが、下手に余分な知識がない分、恐らくサクラは正しいのである。

どんな一流の第三セクターであろうと、サクラが言うように形のない「責任」のようなものを、恰も汚染物質を無害化するかのように化学的に処理して「無化」出来る道理がなかった。そんなことは子供でも分かることである。しかし高梨恵は、今回のチルネック疑獄に纏（まつ）わる責任の全てが、多額の資金を使ってＣＦの処理へと回され、実際に無化されたという報道が一部で流れたのを知っていた。

それは忽ちフェイクニュース扱いされて閲覧不能になったが、ＳＮＳ上ではいつにも増して盛んに炎上し続けている。つまり多くの人間がＣＦの怪しげな処理機能について、心のどこかでひょっとしたらあり得ないことではないかも知れないと、半ば信じ掛けているのであろう。実際高梨恵自身、サクラのようにはＣＦを一刀両断に否定出来ない自分を感じていた。

毎日のように事件や事故や災害といった不幸な出来事が起こり、行政や会社や個人が責任を問われている。そしてどうも納得のいかない形での無罪判決や起訴猶予、不起訴処分といった判決が不自然に多いという現実が、確かにあった。社会的地位が上であればあるほど無罪となる割合が高いことから、潤沢な資金によって揉み消されている例は疑い得ないとしても、普通の人間であれば良心の呵責に悶え苦しみそうな陰惨な事件を惹き起こしてしまった人物ですら、不起訴になった後は平然と良識ある人間の顔をして振る舞い、それに対して国民の側もいつの間にか彼（彼女）を許してしまっているというケースの頻繁さを思えば、何かそこに機械的・化学的な方法で「責任」を無化する装置のようなものが存在するのではないかと考えるのが、納得し得る一応の理由であるような気もしてくる。

ママがビールを持って来た。バーコード頭は高梨恵の太腿から手を放し、彼女にだけ聞こえる小さな声で「骨みたいな脚だな」と囁(ささや)いたので、高梨恵は震え上がった。

「俺もCFに転職するかな」バーコード頭が言った。

「いいですね！　私も付いていきますよ！」と天狗鼻。

「何ですか、散々CFを腐しておいて」ママが半畳を入れた。

「CFを腐したんじゃなくて、悪徳政治家を腐しただけっすよ。それにあそこは半分国営なんですよ、ママ」そう言って天狗鼻が水割りを飲み干した。

「そう、一流企業だ。給料が違うって話だ。俺がCFの社員になったらこんなチンケな店なんかに金輪際来るもんか」

「ご挨拶ね。もう帰って頂戴」

バーコード頭も天狗鼻もすっかり出来上がっていた。閉店の時間までにはまだ間があったが、こんな雨降りの日にはもう客は来ないに違いない。サクラも自分のビールを飲みながら、ゆっくりと頭のスイッチを切りつつあるようで、高梨恵も自分のグラスにビールを注いで口に運んだ。その時彼女は、項垂(うなだ)れた天狗鼻の横で、演技を終えた役者のようにすっかり素に戻ったサクラの顔を見て、サクラは本当はCFについて自分などより遥かに詳しく知っていてわざとカマトトぶったのではないだろうかとふと思った。企業や政治家だけでなく、個人の立場でCFを利用したという話もネット上には溢れ返っている。CFへの感謝や信仰に近い讃辞もあれば、騙されたという告発や罵倒もあり、どれが本当なのか調べれば調べるほど分からなくなる。ひょっとするとサクラは、何か大きな罪を犯してCFに処理して貰った経験があるのかも知れず、そう思って見てみると、確かに胸の中に秘密を隠し持っているような食えない女に見えなくもなかった。

バーコード頭は恨みでもあるのか、酔って赤くなった半眼でチラチラと高梨恵の顔を見てきた。大方「連れの横にはサクラで、俺の横はお前か」とでも言いたいのだろう。ここにいるのがサクラではなくナンバーワンのミチコだったら、もっとあからさまに嫌な顔をされるに違いない、と彼女は思った。裸にすると少年のような高梨恵の体は男にとって魅力がなく、ショートヘアの顔は「叱られて廊下に立たされている小学生のようだな」と昔の男に言われたことがある。「貧乏が服を着て歩いている」とか「間違いなく不幸を呼ぶご面相」などというものもあった。凡そ夜の仕事ほど向いていない職業もないかも知れなかったが、高梨恵は高卒以来、履歴書欄にろくに書くことがない暮らしのまま二十八歳になった自分のような人間が、水商売以外まともな仕事に就ける筈がないと思っている。

一見の客であるサラリーマンの二人に持たせるような傘はなく、割り増しの金をふんだくって店から追い出すと、三人でママの買ってきていたショートケーキを食べ、いつものようにママからちょっとした説教を頂戴して、高梨恵は一人先にクラブ「アカシア」を出た。

雨は降り続いていた。

アパートまでは歩いて二十五分掛かる。

三月には初夏のように暖かい日もあったが、四月に入ってからは寒い日が続いている。その夜は特に冷えて長靴の中の爪先が冷たかった。雨の日に長靴を履く度に、高梨恵は今度こそレインシューズを買おうと思い、しかしいざ靴屋で値札を目にすると、雨の日は長靴で事足りると考えて買わずに済ませ、その代わりに吟味を重ねた末に本を一冊買ったりするようなところがあった。

深夜の街には不審な人間もいた。しかし高梨恵の体では欲情が燃え上がらないのか、どんな酔っ払いも彼女を避けて通っていくようだった。ミニスカートと真っ赤なパンプスで歩いていても、この女に関わるとヤバイと感じさせるオーラでも出ているのか、彼女は危険な目に一度も遭ったことがなかった。それはそれで身の安全という点では悪いことではないと自分に言い聞かせ、突然のビル風に煽られそうになった傘の持ち手をしっかりと摑んでふと顔を上げると、雨に煙ったビル街の向こうに一際目立つ、天辺に巨大な煙突を備えた立派な建物が見えていた。

サクラが「お化け煙突」と呼んだCFのそれは不気味なシルエットで、煙突の上部には幾つもの航空障害灯の赤い光がゆっくりと点滅している。煙突から立ち昇る大量の白い蒸気は、ランプに照らされる度に噴煙のように赤く染まり、その量から考えて何かが実際に処理されていることは確かだと思われた。政府機関の調査では、排気中の有害物質は全て基準値以下であるとされている。公にされている会社概要を見ても、CFの業務内容は「ペルト加工」及び「クレーメル処理」と書かれているだけで有害物質の無害化ということしか分からない。ネット上には潜入ルポのようなものもあるが、どれも生温いものばかりである。CFの社員は準公務員扱いで公務員並みの守秘義務が課せられ、それは退職後にも及んで違反者は罰せられるという元従業員の証言映像もあったが、細部まで作り込まれ過ぎていて却って信用する気になれなかった。

視線を落とすと、目の前の掲示板に、街の至る所で目にするようになった「CF」のポスターが雨に濡れていた。白地に真紅のCとFとが縦に並び、Cの下のカーブとFの下の横棒とが合体しているデザインである。じっと見ていると、手を差し伸べて誰かに話し掛けている人の形に見えてくる。彼女は素早くポスターから目を逸らすと、アパートに向かって小走りになった。高梨恵はこの街の全てに上手く馴染めない。一刻も早く部屋に戻って熱いコーヒーを飲み、風呂に浸かって明日の昼まで泥のように眠ろうと思った。その時どこからか悲鳴のようなものが聞こえた気がして、高梨恵は「骨みたいだな」と言われた脚を一層速めてアパートに逃げ帰った。

アパートの外階段を上っていた時、不意に頭の中に嘗てSNSで見た書き込みが甦った。「CFに払う金は強盗傷害の金でもぜんぜんいけた」というその書き込みはすぐに削除されたが、強く印象に残っている。責任の無化にはCFに多額の金を支払う必要があるが、その金は犯罪で得た金でも構わないというのだ。もしこれが本当だとすれば世の中は犯罪天国になってしまうのではないか？　いやＣＦのシステムが機能する限り、犯罪そのものが次々に無化されていくのである。ひょっとすると政財界だけでなく庶民の間にも、もうすっかりこのＣＦのシステムは浸透していて、ただ一人自分だけが無知なままなのではなかろうか。

高梨恵は首を横に振り、何がどうあれ、どの道犯罪など自分には関係もないことだと思い直し、勢いよくドアを開けて部屋の中に細身の体を滑り込ませた。

二〈野崎浩子〉

シャッターの開いた台所の換気扇の羽根が、外からの風によって逆向きにゆっくりと回っている。四月になったばかりのこの季節、午後二時頃になると、陽の光がその羽根に真っ直ぐに射してくる。羽根の隙間を縫って射し込む陽光は台所の流しの下の床に小さな日溜まりを作り、その丸い光は羽根の動きに合わせてゆっくり点滅する。その点滅をじっと眺めていると気だるい嗜眠状態が訪れて、頭の中がぼんやりした。何も考えなくてもよいのだと野崎浩子は思う。何も考えなくてよい時間が持てる生活がどれ程余裕のあるものかを、彼女は過去の経験から思い知っていた。テーブルに頬杖を突き、意識が自分の手から離れていくに任せながら、今の暮らしがずっと続けばいいと彼女は思った。

いつしか夢うつつとなり、高台に建つ屋敷のベランダから浜辺に林立するパラソルを見下ろしていた彼女はハッとして目を覚ました。今よりもっと金持ちになった夢を見ていたのである。床の日溜まりの光が随分弱まって薄くなっていることに、彼女は一抹の不安を覚えた。椅子から腰を上げ、自分だけのために一杯抽出型のドリップコーヒーを淹(い)れる。酸味を抑えたそのブレンドコーヒーを一口チョコを食べながらゆっくりと味わいつつ、つい一年半前にはこんな時間にコーヒーブレイクすることなど考えられなかった貧しさを思い、「これ以上欲張るな」と自分を戒めた。

再婚した夫の野崎道太郎(みちたろう)は五十四歳で、定年までにはまだ間がある。収入は、家族三人が暮らしていくには十分だった。野崎浩子はもう金輪際パートやアルバイトはしたくなかった。代わりが幾らでもいるような職場では、決まって従業員同士が互いに反目し合って欠点をあげつらい、排除や苛めによって仲間に差をつけようという力学が生まれるのはなぜなのだろうかと思う。彼らが互いに尊重し合えないのは、自分が安い時給で誰でも出来る仕事をしているという劣等意識に縛られているからに違いなく、そんな職場に長くいると精神は切り干し大根のように干からびてしまう。そして気が付くといつの間にか自分もまた、仲間の粗を探して陰口を叩くことに生き甲斐のようなものを感じているのだった。

何もかも貧困が原因なのだ。

夫と死別してから一人で息子を育ててきた八年間を思い、彼女はゾッとした。もう二度とあんな惨めな暮らしには戻りたくない。

今夜は夫の帰りが遅い。買い物は明日にして、夕食は残り物で作ってしまおう。そう思うと再び眠くなってきた。居間で少し横になってみようか。

玄関扉が開く音で目が覚めた。息子の翔が中学校から戻ってくると、野崎浩子の安らぎは破られる。翔は最近家の中を、わざと大きな足音を立てて歩いた。

「お帰りなさい」

「おやつは？」

「水屋に入ってるでしょ」

最近は反抗期なのか翔の物言いはつっけんどんで、極力最小限度の言葉数で済まそうとする。それは、仕事に追われて余裕がなかった時の前夫にそっくりだった。何か悩み事でもあるのだろうか。前夫に似て、ストレスを上手く発散出来ない不器用なところが翔にもあるような気がする。過労死させてしまった前夫の二の舞にならないように、ホッと一息吐けるような環境を家の中に作りたいが、そのためにどうしたらいいのか野崎浩子にはよく分からなかった。翔だけでなく今の夫の野崎道太郎も、最近は仕事から帰ってくると溜め息ばかり吐いている。しかもこの一年ほど、野崎道太郎と翔との関係は余り上手くいっているとは言えなかった。

台所から、翔がガツガツとお菓子を食べる音がしていた。十分に食べられるようになってからの一年半の間に、翔の身長は急激に伸びた。息子の著しい成長を目の当たりにして、野崎浩子は食物の絶対量が子供の身体に与える影響力の大きさに驚いた。人間は物質を取り込んで機械的に体積を増やしていく一種のモノなのだと思った。

野崎道太郎との結婚生活の中で、痩せていた母子の体重は標準値になった。

「胸が大きくなったな」

ベッドの中で野崎浩子の乳房を揉みながら野崎道太郎がそう言った時、彼女はもう辛い時代は終わったのだと思った。安定した収入と専業主婦としての規則正しい生活は彼女の健康状態を劇的に改善させ、便秘、生理不順、胃痛、不眠、肩凝りなどが嘘のように軽くなった。慢性的な鬱(うつ)状態から抜けてゆったりした精神状態を取り戻すことが出来、翔も普通の暮らしを運んできてくれた野崎道太郎に素直に感謝し、三人は暫(しばら)くの間平穏に暮らした。

「なあに、普通の反抗期だ」

中学生になった頃から俄(にわ)かに寡黙になった翔に野崎道太郎は殊更関わろうとせず、そっと見守る態度を保っている。野崎浩子もそれでいいと思っていた。野崎道太郎がもっともらしいことを言っても、今の翔は聞く耳を持たないに違いない。

翔は台所から出ると、階段を踏み鳴らしながら二階の自室へ上がっていった。中一の終わりにバスケットボール部も辞めて、中二になったこの新年度からは帰宅部になっている。新しいクラスに馴染めないのかも知れない。小学校からの友達も同じ中学校にいる筈だったが、今は付き合ってはいないようだ。六年生の途中から姓が変わってしまったことが影響しているのだろうか。

夜、翔と二人で夕食を食べる。

野崎道太郎が遅番の時、こうして二人で食事していると否応なく昔の暮らしが思い出された。それは翔も同じらしく、食べ物を咀嚼しながらふと視線を虚空に投げたその横顔に、昔と同じような哀しげな表情が浮かんでいたりする。前夫が自殺したのは翔が四歳の時だった。残業の正確な記録がなく、過労と鬱病の関連についても立証出来なかったために労働基準監督署から労災認定は下りず、補償も受けられなかった。

テレビのニュースが、チルネック疑獄について触れている。

SNSで炎上騒ぎになっている不起訴処分とCFとの関連について、ペルト加工の専門家が意見を述べていた。その研究者は馬鹿にしたような顔で言い放った。

「ペルト加工やクレーメル処理で責任を無化出来るのであれば、私個人としても色々な責任をCFまで持参して無化して貰いたいものですな、ほっほっ。もっとも私は犯罪などに手を染めてはおりませんがね。兎に角、責任を物質のように加工したり処理したり出来ると看做(みな)している時点でこの話は非科学的であり、完全なデマであります」

別の社会学者はこう述べた。

「安易な悪者叩きへと暴走しない態度が大切です。今はCFを利用して責任を免れたのではないかということで政府や法人が槍玉(やりだま)に上がっていますが、攻撃の矛先が個人に向かい始めると恐ろしい事態になりかねません。その意味では、今の段階で何が起きているのかしっかり真相を究明しておくことが何より肝要です。チルネック疑獄をこのままでは終わらせないという野党の働きに期待するというのが、冷静な国民の取るべき態度と言えるでしょう」

翔は山盛りのご飯を三膳食べてさすがにほっこりしたのか、茶を啜(すす)りながら野崎浩子に話し掛けてきた。

「母さん」

「ん?」

「CFって怪しくない?」

「マスコミは何でも面白おかしく言うのよ。父さんは、有害な物質を処理する普通の会社だと言ってたわ」

「あの人、CFでどんな仕事してんの？」

翔は最近ではもう、野崎道太郎を「父さん」とは呼ばなくなっている。

「具体的なことは母さんにも分からない」

「一流企業なんだよね」

「そうね」

「全然そんな風に見えないじゃんか。臭いし」

「化学薬品とか扱ってるからよ」

「どうせ下請けなんだろ？」

「仕事のことは、母さんちっとも分からないわ」

「社員とか、絶対嘘だ」

野崎浩子は、息子が何を言いたいのか図りかねた。ふと、クリスマスにサンタの格好をした野崎道太郎がケーキとプレゼントを手に帰って来た時、小学六年だった翔が歓声を上げながら体の大きな野崎道太郎の腰の辺りに抱き付いたシーンが彼女の脳裡(のうり)を掠(かす)めた。

「翔はどうしてそう思うの？」

翔は黙ってチャンネルを変え、急須から注ぎ足した湯呑みの茶を啜りながらクイズ番組を眺めている。最高レベルの大学に学ぶ学生の解答者を見て、この人達にはもっと他にやるべきことがないのかしらと野崎浩子はいつも思う。翔は定期テストの成績は良いが、出題範囲が決まっていない実力テストになると余り良い点数が取れない。一年次の担任には「翔くんは真面目ですが、勉強の姿勢が若干受け身ですね」と言われた。受け身の勉強とは何だろうか。そんな勉強ばかりしていると、クイズに正解するだけの人間で終わってしまうということだろうか。

「クラスの友達に金持ちの子がいる」翔が再び口を開いた。

「うん」

「そいつの父親はＣＦの社員だって」

「そうなの」

一流企業の社員なら、もっと金を稼ぐ筈だと翔は言いたいらしかった。野崎道太郎の年収は八百万円に届かない。五十四歳の一流企業社員としては確かに少ないかも知れないが、贅沢をしなければ親子三人暮らしていくのに充分な額である。

翔はもう母子家庭の辛かった日々を忘れてしまったのだろうかと思いながら、彼女は息子の横顔を眺め、いつの間にこんなに顎が骨張っていたのかと訝った。

「何が言いたいの？」

「別に」

「翔には、もう感謝の気持ちはないの？」

「…………」

「父さんは、一生懸命働いてるのよ」

「今夜もどうせ酒飲んで帰ってくるんだろ」

「週に一度か二度のことじゃないの」

「あの人、臭いんだよ」

「翔だって汗臭いじゃないの」

　すると翔は湯呑みの高台をテーブルに叩き付け、席を立つと台所を飛び出し、階段を駆け上がってしまった。野崎浩子はテーブルに飛び散った茶を布巾で拭った。思春期には他人の臭いにも自分の臭いにも敏感になる。まずいことを言った気もしたがそれ以上に、野崎道太郎に対する感謝の気持ちを失い掛けている翔の変わり様が悲しかった。

野崎浩子は洗い物を済ませると居間のソファに腰を下ろし、なぜ翔が野崎道太郎を毛嫌いするようになったのかを考えた。

そして、一つ気掛かりなことに思い当たった。

いつの頃からだろうか、野崎道太郎の顔に彼女の全く知らない相貌がふっと現れては消えるということが何かの拍子に起こる気がするのである。その時に出現するのは、こんな人と一緒にいて本当にいいのだろうかという気持ちを起こさせるほど野崎浩子にとって未知のものだった。彼女には見えない何かをじっと見ているようで、まるでこの国の人間でも、もしかすると人間ですらないような獰猛さが漂っている。しかし次の瞬間には、決まって野崎道太郎はいつもの温和な表情に戻っているのである。恵まれた今の暮らしが本当は夢であり、何もかもが一挙に失われてしまい、また元の辛い日々に逆戻りするのではないかという不安が、きっと夫の顔をそんな余所余所しいものに見せるのに違いないと彼女は考えていた。きっと翔も、何かの機会に野崎道太郎のそんな顔を見たのではなかろうか。そうということは、翔も自分と同じような不安に襲われているのかも知れない。

思うと、却って翔が不憫にも思えた。

ふと見ると、居間の大型テレビの黒い画面に映った自分の背後に人影が立っていたので、野崎浩子は仰天して振り向いた。

「何なの！」

「ふっ！」

翔が笑った。

「忍び足で下りてきたのね」

「驚いてやんの」

「当たり前じゃないの！」

野崎浩子も釣られて笑い、そして安堵した。大丈夫、自分さえしっかり野崎道太郎を愛していればこの子はまた彼のことを「父さん」と呼ぶに違いない、そう思った。

三〈野崎道太郎〉

薄暗い空間の中に彼はいた。野崎道太郎は百九十センチの大男である。

ここにいると、いつもまともに物を考えられなくなった。メインビルの三十八階に位置するこの作業場は体育館の倍ぐらいの広さがあり、所々に目的の分からない装置が配置されている。大きい物は自動車ぐらい、小さい物はポリペールほどの大きさだった。どれも表面はツルンとして見えたが、空間内に立ち込める蒸気のせいで結露し、触れるとヌルッとした。湯気のような生温い蒸気は、広い床一面に二十センチほどの深さで溜まっているピンク色の溶液から立ち昇っているものだった。その中を、作業服を着て長靴を履き、約三百人の「工員」が思い思いの方向にゆっくりと移動しながら、先端に緩衝材の付いた二メートルの長さの棒を使って自分の目の前の溶液を静かに攪拌（かくはん）している。一時間に一度の割合で、各所の注入口から溶液と同じピンク色をした半固形物が新たに補充され、彼らはそれを棒で掻き回す。半固形物は簡単に溶液に溶けて拡散した。彼らの仕事はこの空間内で一日八時間から十二時間、トイレと休憩を除いてひたすらこの単調な攪拌作業を行うことだった。労基法に則って、八時間勤務の場合だと四十五分の昼休みと十五分の休憩が保障されている。壁沿いには全部で四箇所に小便器十器、大便個室五室のトイレがあって自由に利用することが出来、体調不良や何らかのトラブルの際には十箇所に設置された非常用ボタンを押すと警備担当者がすぐに駆け付けた。

空間内は常時カメラによって監視され、仕事中の工員同士の私語や鼻歌は厳重に禁止されている。時としてスピーカーから気だるい音楽が流れてきたが、どれも聴いたことのない不思議な旋律の曲ばかりだった。そして音楽に重ねて、定期的に「蒸気を吸ってぇ、吐く。蒸気を吸ってぇ、吐く」という言葉が繰り返された。その言葉を聞くと、誰もが反射的に息を止めたが、やがて苦しくなって言葉に合わせて呼吸せざるを得なくなった。

これが本当にまともな労働と言えるのだろうか。

理屈は何も分からなかった。世間が噂するCFの、あらゆる責任を無化するという処理工程の一つに、この緩慢な攪拌作業が含まれているのかどうかなど少なくともここにいる三百人には全く分からないだろうし、勿論野崎道太郎にも皆目見当が付かなかった。中には、「まあ杜氏のようなもんだろうよ」と言う者もいたが、そうやって似た動作の仕事に寄せてみたところで何一つ分からないことに変わりはない。注入口から定期的に出てくる半固形物が不特定多数の責任を物質化した最終形態だと言う者もいたが、それは感覚的に違うような気がした。実際、半固形物は寧ろ溶液濃度を一定以上に保つための濃縮液に過ぎず、物体としての「責任」は別の階で処理されているのではないかという意見が大勢を占めていた。

そもそも世の中の労働というものは、寧ろ明瞭に意味が分かるようなものの方が少ないのではないだろうか、と野崎道太郎は考える。多くの仕事を転々としてきたが、工場労働にしろサラ金の取立てにしろポン引きにしろ、そこにある労働の意味などいつもよく分からないまま働いてきたのではなかったか。何に使われるのか分からない鉄製の部品を型に合わせてハンマーで一日中叩き続けたり、通行人に片っ端から声を掛けたり、泣き叫ぶ主婦の目の前で彼女の夫の胸座を摑んで脅したりすることと、ピンク色の溶液を棒で掻き回すこととの間に、意味の分からなさという点においてそんなに大きな差はないような気がした。偉い人や頭の良い人達がしっかり考えた上でこのような仕事が必要だと判断し、その結果ここに三百人の工員を擁する労働の現場が作られ、人力を使った溶液の攪拌という単純労働の対価として工員に年間八百万円近い額（工員達には例外なくCFに借財があり、その分がサラリーから天引きされてはいたが、それでも十分な額）が支払われているという事実こそが肝要なのであって、労働の意味そのものは工員達の考えるべき事柄には属さないに違いない。金に換わる労働はどんな労働であっても神聖であり、それはどこか人知を超えた部分を持っているものなのであろう。下手に労働の意味を考え始めると、決まってその人間の頭はおかしくなる。そういう工員は必ず毎年何人かいて、次第に言動が不自然になり、最終的に職場から姿を消していくのが常である。そういう不幸な工員達を、野崎道太郎はもう何人も目にしてきた。最近も、彼と同い年ぐらいの前歯のない男の様子がおかしいことに彼は気付いていた。

そう言えばこの日、その男の姿はなかった。

一日の労働を終えて、野崎道太郎はシャワー室でシャワーを浴び、更衣室で服を着替えた。シャワー室も更衣室も、三百人を楽に捌けるだけの規模を備えている。ボソボソと会話する者もいたが、大半の工員は不自然に疲れていて口数が少なく、黙々と自分のことをしていた。溶液には甘いとも臭いとも言い難い独特の薄い匂いがあり、これはシャワー水に含まれる微量の薬品で完全に流れ落ちるとされていたが、着衣後に俯いたり振り向いたりした瞬間に髪の毛や首筋辺りからプンと漂うことがある。野崎道太郎はそれを家の中に持ち帰ることを嫌い、特に労働時間の長い遅番の日には飲み屋に立ち寄って、料理や煙草の匂いを身に纏うことで甘い匂いを消して帰ることを習慣にしていた。行きつけの店は数軒あったが、店の人間や常連客との深い付き合いは慎重に避けた。自分のことを穿鑿されないためには、相手のことをよく知らないでいるのが一番の自衛策だった。

三十八階からエレベーターで一階まで降りる。

別のエレベーターから、数人の女性工員が降りてきた。二百人いるという女達もまた、三十八階での作業に従事しているのである。男女の労働エリアは完全に分かれていたが、送迎バスは共用であった。野崎道太郎はいつものように、エントランスの外の「H」のバス停に停車している送迎バスに乗り込んだ。このバスには女性工員や女性社員が一人も乗ってこない。ルートの関係でたまたまそうなっているのだが、他のバス停で男女の工員同士が親しげに喋っていたり女達が他のバスに乗り込んで行くのを眺める度に、野崎道太郎は決まって平静が保てなくなった。

バスは、メインビルの周囲に複数ある「H」のバス停や敷地内の別の建物を巡り、工員以外にも背広族や派遣社員も回収して、乗客は全部で三十人ほどになった。どの顔にも生気がなかったが、職種で言えば矢張り工員が一番疲れて見えた。ふと何かを感じて後ろを振り返ると、今日一日作業場に姿を見せなかった前歯の抜けた男が、疲れ切ってはいるがどこか清々（せいせい）したような表情で窓外を眺めていたので、野崎道太郎はおやっと思った。乗った時は気付かなかったが、彼より先にこのバスに乗り込んでいたらしい。しかし朝はこの路線のバスには乗っていなかったから、遅出だったのだろうか。ひょっとするとこの歯抜け男は、こんな時間まで掛かって退職手続きを済ませたのかも知れないという考えが浮かび、そう考え始めると絶対そうに違いないという気がしてきた。

バスが敷地から離れるに連れて、窓外にＣＦの建物全体の威容が現れた。屋上の煙突はいつ見ても異様な大きさで、高い熱を帯びているのか煙突全体がゆらゆらと揺らめいているように見えた。自分は毎日あんな場所で何をしているのだろうかと、野崎道太郎はいつも考えてしまうことをこの時も考えてしまいそうになり、すぐに頭の中からその疑問を振り払った。

夜の街をバスに揺られながら、重い疲労感に身を任せて少しウトウトする。そして自宅近くの降車地点の二つ手前の停留所で正確に目覚め、油の切れた重機のようにギクシャクと巨体を動かしながらバスを降りた。その際チラッと前歯の抜けた男の方を見遣ると、相手の方も彼を見ていた。それは軽蔑の視線にも哀れみの視線にも見えた。

幹線道路から一本入れば、夜の店が軒を連ねている。

その日は三流のクラブ「キンセンカ」に入った。

この店にいるのは教養とは無縁な女の子ばかりで、馬鹿な話で勝手に盛り上がってくれるので、彼はただ笑いながらグラスを傾けていればよかった。細長い店の奥のボックス席に腰を下ろし、眉間に目立つホクロがあるユキンポという女の子を指名した。彼はしょっちゅうユキポンと呼び間違えたが、間違えるとそのことだけで彼女は十分間ぐらい一人で喋り続けた。ユキンポは専門学校で服飾デザインを学んでいるということだったが、とても学生とは思えない無教養振りで、四国と九州の区別が付かず、ピカソは知っているがゴッホは知らず、今の首相の名前が言えなかった。しかし笑顔は愛らしく、明日のことすら考えていないその生来の能天気さによって、一日の労働で疲れ切った野崎道太郎のささくれ立った神経は轆轤(ろくろ)の上の陶土のように瞬く間に滑らかになった。

「今日ね、パソコンでデザインのラフを描いたんだよ」

「ほう、そうかい」

「見たい？」

「ああ」

　ユキンポはスマートフォンを操作してラフ画を見せてくれようとしたが、操作に手間取り、なかなか画像が出てこなかった。その間野崎道太郎は、ユキンポの仕草を眺めながらバーボンウイスキーのロックを飲み、煙草を二本吸った。こういうところが彼がユキンポを指名する理由の一つで、彼が一人でぼんやりすることが出来る十分な時間を、彼女はそのドジな振る舞いによって自然に生み出してくれるのだった。

野崎道太郎は凝った首を回し、取りとめもない考え事に身を任せた。

ＣＦでの労働は決して力仕事ではないが、決まって妙な疲れを覚える。その疲れが次第に体内、ひょっとしたら脳神経などに蓄積してきているのではなかろうか。最近の心身の不調は、それが原因であるような気がしてならない。時として、処理し終えた筈の過去の重荷が突然胸に迫り上がってきて、巨大な恐怖に押し潰されそうになることがあるのもそのせいに違いなく、体重が倍ほどに感じられる極端な倦怠感もこの労働に関係していない筈はなかった。野崎道太郎は、それがピンク色の溶液に含まれる化学物質に関係していると考えていたが、溶液は二十四時間絶え間なく検査されており、有害物質が基準値を超過したことは一度もない。体質による適応障害の可能性もあったが、元気だった新入りの工員が押し並べて数年ですっかり疲弊していく状況を考えると、矢張り労働自体に何か問題があるに違いないと思われた。そのことを会社の健康保健課に上申すると、若い女の職員に「それはあなた個人の心理的な問題に関係しているのではありませんか」と指摘された。その意味について野崎道太郎は、勿論それ以上問い質す気にはならなかった。過去は過去であり、それは刻々と処理されていかねばならないことは彼にもよく分かっていたからである。過去は断じて蒸し返されてはならなかった。

目の前のユキンポが笑顔を見せて、スマートフォンの画面をこちらに向けた。画面には、稚拙なワンピースのデザイン画が映っていた。

「いいじゃないか」

「ホントに?!」

「ああ」

「才能あると思う?」

「ああ、いい線いってるよ」

「嬉しい!」

この娘のように過去も未来もなく、ただ今この瞬間にだけ生きることが最も正当な在り方に違いないと彼は思い、バーボンを呷った。

家に帰り、階段を見上げ、二階の自室に籠もっている翔に目だけで帰宅したことを告げた。父親に対する反抗には自分にも身に覚えがあったが義父に対する感情は推し量り難く、今はそっとしておくのが一番だと思っている。素早くシャワーを済ませ、浩子が用意してくれた梅干し茶漬けを掻き込んで一息吐いた。テーブルの向かいに浩子が腰掛け、白ワインを飲み始めたので「一杯くれ」と言った。

「はい」

二人で寝酒を飲み、あとは寝るだけの時間である。

「日曜日に、平野さん一家が遊びに来るんだけど、いい？」

「ああ」そう答えて野崎道太郎はワイングラスを呷った。

その時浩子が、一瞬驚いたような目の見開き方をしたのを彼は見た。

「嫌なら、そう言ってね」

「嫌じゃない」

平野明は浩子の大学時代の同級生である。妻の平野京香と、十歳になる娘の平野綾乃がいる。浩子より三歳下の平野京香も同じ大学の出身で、浩子のテニス部の後輩に当たる。この一家を野崎道太郎と浩子は自分達の結婚披露宴に招待し、その席で平野明はスピーチを買って出た。

「学生時代には何かと浩子さんから相談を受けていましたが、最終的にはいつも立場が逆転してこっちが浩子さんに有り難いアドバイスや慰めを頂戴するという格好でして、ずっと私の心の支えでした。あ、ちょっとまずいこと言っちゃったかな？」

平野明はそんなことを話して出席者を笑わせた。そのスピーチの内容が野崎道太郎にはずっと引っ掛かっている。

「全然、嫌じゃないよ」

野崎道太郎はそう繰り返してグラスにワインボトルを傾けたが、既に空っぽで、そっと自分の顔色を窺(うかが)っている浩子の視線に気付かない振りをして「一滴も中身がない」とぼそりと呟(つぶや)いた。

四〈渡辺宏(わたなべひろし)〉

渡辺宏は人事課で承諾書にサインし、退職のために必要な健康チェックに臨んだ。二十八階のメディカルフロアに来たのは五年前の入社検査の時と、一年前、仕事中に吐き気と眩暈(めまい)に襲われて溶液の中に倒れ込んだ時以来だった。リノリウムの床に延びている五色の線の内、紫のラインを指示されて辿っていくと検査室の扉の前までできた。取っ手を握って横にスライドさせると、中に三十歳ぐらいの男の看護師が一人立っていた。深い紫色が混じった艶のある長めの黒髪が、清潔なカラスといった印象だった。

「カーテンの向こうで裸になってから、これを着て下さい」と看護師は言った。貫頭衣のような服を着てカーテンから出てくると、別室に案内された。四畳半ほどの広さの部屋の真ん中にベッドが一つ置いてある。

「では、これを一気に飲んで下さい」

看護師はそう言って小さな紙コップを手渡してきた。承諾書の項目の一つに確か造影剤のことが書かれていた気がしたが、はっきりとは思い出せない。鼻を近付けるとピンク色の溶液と同じ匂いを嗅いだ気がしたが、飲むとその匂いは消えた。前歯がないせいで造影剤が口の端から少し零(こぼ)れた。それを手の甲で拭い、空になった紙コップを看護師に手渡した。

「では、仰向けに寝て下さい」と指示されてベッドの上に仰向けになると、幾つものライトを備えた頭上の無影灯が無性に気になった。

「CTでも撮るのか?」渡辺宏は看護師に訊いた。承諾書にCT撮影のことなど書かれていなかった気がする。

「いいえ」

「でも、俺は造影剤を飲んだじゃないか」

「違いますね。少し眠気がくるかも知れませんが、軽い副反応ですから」

看護師は髪の毛を掻き上げた。

何が違うのか、と渡辺宏は思った。

「ちょっとボーッとしてきた」

「なあに、簡単な検査です」

「造影剤を飲まされたが、しかし、CTというわけでは、ないん、だな……」

急激な睡魔に襲われた。渡辺宏が最後に聞いたのは、看護師が誰かに向かって「はい。では、お願いします」と言っている声だった。誰に何をお願いしているのだろうか、と考える間もなく意識が遠のいた。

夢と現(うつつ)の間で、渡辺宏はCFで働いてきたこの五年間のことをつらつらと思った。

ＣＦの三百人の工員達は例外なく自分の過去を語りたがらなかったが、そのことが却って彼らの過去の過ちの重さを物語って余りあった。渡辺宏にも勿論人に言えない過去があったが、しかしそれはもう終わった過去だった。他の工員達にも、自分の過去は処理済みだという思いが当然あったに違いない。

ここに就職してから間もなくして、自分の「責任」が無化されたと自覚した瞬間があった。それは不思議な感覚だった。記憶が消えたわけではなかったが、ずっと心の中に燻っていた自責の念だけがスッと消え去ったのである。ずっと詰まっていた鼻が急に通ったように俄然呼吸が楽になり、自分の犯した罪が完全に他人事になったことがその時分かった。何年ぶりかで、深呼吸出来た気がした。鼻腔に満ちた溶液の匂いも気にならず、寧ろ作業場全体に広がるピンク色の水面がいつになく眩く煌いて見えた光景を今でも鮮明に思い出すことが出来る。加害者の責任の無化と同時に被害者の恨みも消失すると言われていたが、それを聞いた時はさすがに信じられなかった。しかし実際に責任が無化してみると、それも有り得ないことではないと分かった。加害者の責任が無くなることによって被害者の復讐心が消滅するのは、当然の成り行きなのだ。愛しい人を失ったりした悲しみは残るのだろうが、加害者との関係性はその時点で完全に切断されるのである。

実に不思議なことだったが、それが科学というものなのだろうと渡辺宏は思った。

夫々(それぞれ)の過去の責任の無化には、その罪科の軽重に応じた費用の負担が求められた。金のない者の中には強盗などの罪を重ねて必要な金額を工面しようとする者もいたが、そのやり方だと罪は膨らむ一方である。従って、エージェントに薦められるままに、最初の罪の段階で、必要な費用を労役によって返済しようと考える者が殆(ほとん)どだった。CFへの借金を天引きされても尚、国民の平均年収を超える収入が保証されるような提案をみすみす断る馬鹿はいない。安全性に多少の疑問はあっても、高収入はそれを補って余りあると誰もが考える。

耳元で、医療器具を扱う金属音と誰かの話し声がしている。

その時彼は、ある日更衣室で二人の工員が小声で話しているのを物陰から盗み聞きしたことを思い出していた。一人はデブでもう一人はオカマだった。

デブが作業服を脱ぎながら言った。

「CFは半国営企業だから税金も相当食ってるぜ。俺達の勤務実態が公になれば、きっと世間からとことん叩かれるに違いねえ。こんな誰でも出来る仕事に、一体人件費幾ら注ぎ込んでんだってな。それにその仕事が責任の無化とくりゃ、真面目な国民は怒り出すに決まってる」

するとオカマが押し殺した声で、呆れたように言い返した。

「何言ってんの。あんたSNS見てないの？ そんな話題、とっくに炎上ネタだわよ。でも、国もCFも自分たちの責任を絶えず無化し続けるから、炎上と鎮火を繰り返してどこまでも決着が付かないわけよ。それにCFに救われている国民も沢山いるでしょ。今やCFがなくなって一番困るのは、政府や大企業よりも国民の方じゃないの？ 私達だってそうなんだし」そう言って、オカマはバスタオルを胸に巻いた。

「しかしちょっと話がうま過ぎるんじゃねえか。犯した罪の責任は消えるわ、給料はいいわじゃよ」

するとオカマが何か言おうとして、急に咳き込んだ。

「心配性ね、ゴホッゴボッ」

デブがオカマの裸の背中を擦りながら、「どんな小さな穴から大船が沈むかも分からねえ。兎に角慎重にやるに越したことはねえよ」

「そうね、ゲホッ」

そして二人は身を寄せ合いながらシャワー室へと姿を消した。

守秘義務の遵守は常から言われていることだったが、その意味するところを彼はこの時、ぼんやりした意識の中で改めて自分のこととして自覚した。もしデブが危惧するようにCFのシステムが瓦解すれば、「消えた責任」そのものが蒸し返される危険性があり、そうなれば工員達の身の安全も保証の限りではない。ここでのことを一切口外しないことが結局は自分の身のためになるのだ。そして高給の真の理由も分かった気がした。脅されて守られる秘密より、厚遇によって守られる秘密の方が遥かに安全なのである。

朦朧(もうろう)とした意識の中で、渡辺宏は何度か体のあちこちにチクッとした痛みを覚えた。ここのベッドにはダニや南京虫がいるのかも知れないと思い、虫のことに気を取られて思考が途切れそうになるのを何とか持ち堪(こた)えて、最近になってもうそろそろCF勤務を終わりにしたいという思いが頓(とみ)に膨らんで押し止(とど)めようがなくなってきたことについても、彼は考え続けた。

入社早々工員の誰かが漏らした「五年が限度だ」という言葉がここに至って彼にも身を以って分かるようになり、その言葉の重みが徐々に増してきたこの五年間だった。貯金を使って借金を一括返済してCFを去るより、極力高収入を維持する方向でやってきたがそろそろ体が限界にきていた。負債の返済済み証明も既に手元にあり、この検査が済めば晴れて退職の運びとなる。渡辺宏は、ここを退職した後はホームレスとなって姿を晦ますつもりでいた。一旦ここでの労働に手を染めたら、退職後も死ぬまで監視され続けると言われている。それならば世間に向かって洗いざらいCFの秘密をぶちまけ、残りの人生をCFの監視の目から逃れ続けることに費やすのも一興だと彼は覚悟を決めていた筈だった。しかしその目論見を、たった今彼は放棄したのである。ここに至ってそのような冒険心はすっかり消え去り、ただ局外から、この社会の出来事をじっくり観察してやろうとだけ考えている自分がいるのが不思議だった。どうせろくなことにはならない社会であれば、何もかも捨てて、この先何が起こるかをただ見ているだけでいいような気がした。

その時、誰かが何か喋っているのが聞こえた。その声は「終わりました」と言っていた。何が終わったのだろうか。彼は、自分の体が人並みに健康かどうかより、退職に必要な検査とは何なのかを知りたいと思った。

看護師に起こされて目が覚めた。

「俺に何をしたんだ？」渡辺宏は訊いた。

「体のチェックですよ」

「妙な処置をしたんじゃないだろうな」

看護師は鼻で笑った。

「俺は健康なのか？」

「退職するのに問題はありません」

「退職に問題のある状態って、どんな状態なんだ？」

看護師はそれには答えず、検査の結果が記された書類を手渡すと、「お疲れ様でした」と言った。渡辺宏は着替えを済ませ、メディカルフロアを出た。

それから送迎バスに乗り込み、いつもの席に腰を下ろした。発車時間には間があり、まだ誰も乗っていなかった。検査結果の表に目を通すと正常値内に収まっている数字もあれば大きくはみ出している数字もあり、項目名の意味も、トータルとして自分の体がどういう状態なのかもまるで分からなかった。

やがて、作業を終えた工員達が、疲れた表情で乗り込んできた。バスは敷地内を回り、いつも通りに社員達を順次回収するとＣＦを後にした。五年間乗り続けたこのバスとも今日でお別れだと思うと、ちょっとした感慨が湧かぬでもなかった。名も知らぬ、しかし見慣れた乗客達の顔も今日で見納めだった。座席の背凭れから頭が飛び出している二メートル近い大男が、何度か振り向いてチラチラとこちらを見てくる。何か感じるところがあるのだろうか。相変わらず翳のある暗い顔だった。三年ほど前からこのバスに乗り込んでいる男で、一見大人しそうに見えるが、長く観察している内に、ちょっとしたきっかけで取り返しの付かない過ちを犯しかねない男だと思うようになった。

停留所を通過する度に、乗客は一人、また一人と減っていく。渡辺宏は抜けた前歯の間から舌を出して歯茎の凹凸を舐めながら、遅番の日に限っていつもより二つ手前の停留所でバスを降りる大男の後ろ姿を見送った。ステップに足を下ろしてドアから出る瞬間、大男はチラッと渡辺宏の方に顔を向けてきた。一瞬合った彼らの視線は、作業場で視線を合わせた時と同じようにどちらからともなく素早く逸らされた。

そしてそれ以後、その二つの視線が交わることは二度となかった。

バスを降りてアパートに戻った。荷物は既に、大きめのリュックサック一つにまとめてある。渡辺宏はそのリュックサックを背負うと、アパートを後にした。最後に部屋のドアを施錠し、郵便受けに「敷金の返金は不要」という旨を記した簡単な手紙と部屋の鍵とを入れた封筒を落とし込んだ。

彼はその夜、街の中の公園の植え込みの中で野宿した。金は十分持っていたが、ホテルや旅館に泊まるつもりはない。アパートにいても監視されているという意識は抜けなかったが、野宿には自由がある気がした。しかし四月に入っているとは言え慣れない体に夜の冷え込みは辛く、ウイスキーのポケット瓶を飲み干してすら十分に酔えず、なかなか寝つけなかった。寒さを堪えてきつく瞼(まぶた)を閉じていると腹の奥や首筋にピッと痛みが走り、ひょっとすると昼間ベッドで眠らされている間に体内に何らかの装置を埋め込まれたのではないかという気がしてきた。

すると、工員の労働の最も肝心な点は棒を使ってピンク色の溶液を攪拌することなどではなく、その作業内容を誰にも漏らさないという絶対の守秘義務にあるという、この五年間ずっと彼の心を占めてきたいつもの考えが頭を擡(もた)げた。もしＣＦでの馬鹿げた作業内容を誰かに話せば、その瞬間に装置に探知され、体内に埋め込まれた小型爆弾が爆発して殺されてしまうのではないかと、渡辺宏は寒さに歯を食い縛りながらそんな埒(らち)もないことを考えた。確かに以前の自分は、ＣＦの秘密を世間に暴露することで真の自由が得られると考えていた。しかし今日メディカルフロアで眠っている間にＣＦの秘密を決して漏らすまいと心に決めたのであるから、何の心配もないのだ。彼は服の下に冷たい手を入れて痛みのある部分の皮膚を撫で回してみたが、どこにも縫い痕のような手触りは感じられず、全ては杞憂なのだと考えた。

すると瞬く間に、泥のような眠気が襲ってきた。

目を閉じると忽ち新たな疑念が湧いてきた。

眠っている間に決めた？

そんなことがどうして可能だったのか。

渡辺宏がふと物音に気付いて目を開けると、植え込みに面した目の前の歩道を、若い女の履いた真っ赤なパンプスが通り過ぎていった。渡辺宏は植え込みから首を突き出し、女の後ろ姿を目で追った。尻の小さな、見るからに貧相な感じの水商売風の女だった。

五〈森嶋由紀夫（もりしまゆきお）〉

不況の影響で、町工場が密集していた地区には廃工場が多くある。夜逃げや自殺した経営者達によって放置されたそんな工場の中には、地震や台風によってすっかり朽ち果ててしまった物も少なくなく、行政の手も及ばないまま立ち入り禁止となっている区域が幾つもあった。そういう場所は廃墟マニアの聖域や、ホームレスの仮の宿、不良少年がシンナーやマリファナを吸うアジト、カツ上げや強姦や私刑や殺人といった犯罪の舞台などに利用された。

Ａ４ｆ地区の一角に亜鉛鍍金（めっき）工場跡があり、「毒」という看板が周囲に幾つも掲げられている。周囲に点在する鳩や野良犬の屍骸がいつの間にか増えていることが不気味さを呼び、殆ど人が寄り付かないこの場所に、真昼間に三十代半ばぐらいの男が一人やってきて周囲の様子を窺った後、半ば雑草に埋もれた錆びたトタン板を迷いなく捲って建物内にその細身の体を滑り込ませて手品のように消えた。もしその様子をたまたま見掛けた者がいたとしても、自分が見たのは目の錯覚ではなかったかと疑うほどの素早さだった。

亜鉛鍍金工場内は薄暗く、罅(ひび)割れた亜鉛槽、天井から垂れた何本もの錆び付いた鎖、地面に散乱した鉄板やワイヤーなどが行く手を阻んだが、森嶋由紀夫は慣れた足取りでそれらを巧みに避け、埃(ほこり)を巻き上げながら走るような速さで奥へと向かっていった。

工場の最も奥まった場所にアルミ製のドアがあり、森嶋由紀夫は複雑なリズムでドアをノックし、ドアノブの鍵穴にキーを挿した。ロックが解除される軽快な音がした。森嶋由紀夫はドアを開けて部屋に入り、内側から施錠した。

部屋は十二畳の広さがあり、中にはロッカー、事務机、作業台、丸テーブル、パイプ椅子、ソファ、ホワイトボード、冷蔵庫などが整然と置かれ、簡易な炊事場とトイレも備わっている。その部屋にいて夫々の机や作業台に向かっていた二十代から三十代の三人の男達は、入ってきた森嶋由紀夫の方を見て目で挨拶をした。

森嶋由紀夫が言った。

「松前（まつまえ）、屍骸を増やしとけ」

一番若い松前清和（きよかず）が頷き、「猫でもいっすか？」と訊いた。「猫はあかん」そう言った森嶋由紀夫に理由を問おうとして松前清和は口を開き掛けたが、すぐに思い直して「分かりました」と答えた。

「〈B〉の方はどや？」森嶋由紀夫は続けて〈B〉に訊いた。

「大体スケジュール通りかな」

「〈S〉は？」

〈S〉は首を横に振った。

〈B〉はBOMBの、〈S〉はSTRATEGYの頭文字であり、それぞれの担当者も〈B〉〈S〉と呼ばれていた。〈B〉はやや飛び出し気味の後頭部を掌で撫でながら作業台の上の部品を眺め、〈S〉は貧乏揺すりをしながら事務机の上に広げた図面を睨（にら）み付けた。爆弾の製造がほぼ計画通りに進んでいるとして、肝心の実行計画がうまく立っていないことには話にならなかった。森嶋由紀夫は

〈S〉の肩越しに図面を覗き込み、深い溜め息を吐いた。すると咄嗟に〈S〉がビクッと首を竦めて、首の後ろを手で擦った。

「松前」森嶋由紀夫が言った。

「はい」

「尾行は?」

「しました」

「どうやって?」

「送迎バスをバイクで尾けました」

「どんな奴やった?」

「二メートルぐらいある大男です」

「ターゲットに出入りしている人間に間違いないんか?」

「はい」

「なんで分かった?」

「専用エレベーターに乗るところを見ました」

「どこから見た?」

「ビルの外から見ました」

「外から顔がはっきり見えたんか？」

「いいえ。だから飛び切りの大男に的を絞ったんです」

森嶋由紀夫は一瞬考えてから、小さく頷いた。

松前清和は派遣会社に登録していて、これまでに六回、植木の刈り込み要員としてCFの敷地内に入っている。巨大煙突を擁したセンタービルは一階部分がガラス張りになっていて、外からの観察の結果、全部で十二基あるエレベーターの中から、彼らがターゲットとして狙う三十八階の「心臓部」へと通じる男女別の直通エレベーターを絞り込んでいた。そのエレベーターを利用している男女の工員達が、十数台の送迎バスに分乗してCFに通勤している。その中から確実にターゲットに出入りしている人間を特定し、接近して情報を聞き出し、ターゲットに入るためのセキュリティーカードを手に入れることが彼らの計画には不可欠のミッションだった。

「それで、その大男はバスを降りてどこに行ったんや？」

「『キンセンカ』というクラブです」

「どこにある？」

「浅野町です」

「それで？」

「それだけです」

「それだけ？」

「はい」

森嶋由紀夫は鼻に怒った犬のような皺を寄せた。

「分かった。野良犬の屍骸でも拾ってこいや」

「分かりました」

松前清和はスッと立って冷蔵庫からビニール袋を取り出すと、無言で部屋を出て行った。〈S〉は、〈B〉がカッターナイフで銅線を削る音が神経に障るのか、図面の前で頬杖を突いて指先で耳の穴を塞ぎ、森嶋由紀夫はソファの上にドスンと体を投げた。

六〈松前清和〉

外はよく晴れていた。

松前清和は、工場の隅に重ねてあったドンゴロスを一枚右手に引っ掴み、左手に持ったビニール袋をクルクル回しながらA4f地区内を歩いた。そして廃工場に囲まれた空き地にやって来るとコンクリートの塊に腰を下ろし、ビニール袋から取り出した豚肉を地面に撒いて煙草を吸い始めた。二本目を吸い終わった頃、廃工場の瓦礫の陰に数匹の野良犬の姿を見た。これまでも同じやり方で犬を狩ってきたから、さすがに警戒して遠巻きにしているが、肉の匂いは確実に彼らの鼻に届いている筈で、頭の悪い個体が近付いてくるのは時間の問題だった。松前清和はゆっくりと立ち上がり、適当な大きさのコンクリート片を拾うとその場から立ち去り、崩れ掛けたブロック塀の陰に身を隠した。

数分後に痩せ細った二匹の犬が、互いに相手を出し抜こうと闘争心を剝き出しにして小走りにやってきて、肉に近付いた。茶色い一匹が素早く肉片を銜(くわ)えて走り去ろうとすると、もう一匹の白い方が唸り声を上げて茶色に挑み掛かった。まだ地面に肉片は残っているにも拘わらず、白は自分より先に肉片を銜えた茶色が許せなかったらしい。こいつらはいつもこうだ、と松前清和は思った。二匹が一塊になった瞬間を狙って、彼は手に持ったリンゴぐらいの大きさのコンクリート片を投げ付けた。野球で鍛えた肩には自信があった。コンクリート片は真っ直ぐに飛んで、茶色の太腿を直撃した。白は驚いて逃げ去り、茶色はその場に腰砕けになって三肢で空を掻きながら回転した。ブロック塀から奇声を上げて飛び出した松前清和は、渾身の力で茶色の腹を蹴り上げた。茶色はブロック塀より高く宙を舞い、首から地面に落ちた。廃工場の陰に隠れていた他の犬達が、この光景を見て静かに遠ざかっていくのが分かった。茶色を見ると、仰向けになった体はNの字に似た形にひん曲がっていて、恰も懸命に自分の脳でも見ようとするかのように極端に上目遣いになった目は、今にもクルッと裏返ってスロットマシンのように回転してしまいそうだった。

松前清和は茶色の頭の下に手を回し、首根っこを摑んだ。その瞬間、茶色は前肢を反射的に動かして反撃に転じたように見えた。しかしその前肢はただ無様に

Xの形に交差しただけだった。松前清和は茶色を頭からドンゴロスに突っ込むと、口を絞って肩に担いだ。

亜鉛鍍金工場に戻ると、彼は亜鉛槽に溜まった雨水の中にドンゴロスごと漬け込み、上から重い鉄板を沈めた。鉄板は水の中で、まるで機械仕掛けのようにビクビクと震え、その震えは煙草を一本吸い終わるまで断続的に続いた。それから松前清和は鉄板をどかして、ドンゴロスを引き上げた。そして工場の外にドンゴロスを引き摺(ず)っていくと、「毒」の看板の傍(そば)に茶色の屍骸をぶちまけた。

七〈森嶋由紀夫〉

その日の夜、森嶋由紀夫は先日たまたま入って知ったばかりのミチコを当てにして「アカシア」に出向いた。ミチコは「アカシア」のナンバーワンで、先日閉店間際に行った時にはママとミチコしかおらず、客は彼一人で贅沢な時間を過ごした。しかしこの日ドアを開けた時、店が混んでいるのを見て出直そうとしたところに、ママに「引き止めて来ないかね！」と言われるままに駆け寄ってきた痩せぎすの女に袖を引かれた。

「混んでるみたいやから、また出直してくる」と言ったが、女は縋るような目で「お願いします」と言ったその声が震えていたので、森嶋由紀夫は益々帰りたくなった。一目で暗い性格と分かる女はシャツの袖を摑んで放そうとせず、それに腹が立って森嶋由紀夫が「帰るって言うとるやろうが」とやや凄んでみせると、女はすぐに袖から手を放し、視線を落として「済みませんでした」と項垂れた。

店の中ではボックス席に八人の客がいて、ミチコともう一人の女とママの三人を相手に盛り上がっている。森嶋由紀夫が入ってきた時、この女は一人離れてカウンター辺りに立っていたような気がする。

女は手で口元を押さえ、踵を返してカウンターの方に戻っていった。その時、森嶋由紀夫はなぜか女の背中に声を掛けていた。

「ほな、カウンターで一杯だけ飲んだらあよ」

しかし客の声に掻き消され、女の耳には聞こえなかったようだった。森嶋由紀夫は店に入り、カウンターに歩いていく女と肩を並べた。女は彼に気付くと、あ、と言うように口を開けた。

「一杯だけ飲んでいく」

森嶋由紀夫はもう一度言った。女は何度か小刻みに頷いた。ふと視線を感じて振り向くと、ママが彼に向かって軽く頭を下げている。それは、そんな貧相な女で済みませんねという意味だろうが、森嶋由紀夫にとってそんなことはどうでもよかった。

この女の名前は高梨恵といった。

八〈高梨恵〉

自分のような後ろ向きの暗い女を相手にする男は二種類しかいない、と高梨恵は思う。

一つ目のタイプは倒産寸前の鉄工所を経営する桐山社長のように、死を思うほどに極端に自信を喪失した絶望男。こういう男にとっては、明るい明日を夢見ている前向きな女などとても耐えられない。そこで高梨恵のような女を見付けると、ことあるごとに「一緒に死のうか」と真顔で言ってくる。そう言われると高梨恵も内心では、一瞬本気で「それも悪くないかも」などと思ってしまう。口に出さなくても、桐山社長のような男には彼女のそんな思いが伝わるらしい。しかし高梨恵は自分のことで精一杯で、桐山社長のような男に関わり合うのは真っ平だった。そこで冷たくあしらうのだが、彼女によって最期の止めを刺して貰うことを彼は切望している上に、何より店で彼女を指名してくれる数少ない客でもあったから、ちょっと始末におえないところがあった。

二つ目のタイプは、破滅願望のようなものを持っている危険な匂いのする男だ。この時初めて会った男はそれだった。両眼の視線が一つの焦点へと収斂せず、左右夫々の目が微妙に違うところを見ているような印象だった。そんな目を、彼女は以前にも見たことがあった。その男は悪徳金融業の社長をナイフで刺して逃げ、数ヶ月後に逮捕されたが、その逃走中に高梨恵の働いていたスナックに現れた。片方の目で現実を、もう片方の目で高い理想を見ているかのようなその男の、両者の間に横たわる深い渓に自分の手で橋を架けてみせると言う異様に熱い語りっぷりを、彼女はよく覚えていた。現実と理想とのギャップを一気にゼロに出来るなら自分自身の破滅をも厭わないという、その同じ狂信を高梨恵は森嶋由紀夫の中にも感じた。案の定、三杯目のスコッチウイスキーのロックを飲み干した辺りから、彼はこの社会が如何に腐っているかについて、背後のボックス席の客を気にしながら小声で語り始めた。

「誰も責任を取らへんクソ社会の耐え難さたるや、あるか」

「この社会の裏には隠されたカラクリがあるんや」

「知行合一」

「何としても奴らに一撃を喰らわしたらなあかん」

SNS上に溢れているようなそんな凡庸な台詞を、森嶋由紀夫は恰も自分独自の洞察であるかのように熱を込めて語った。彼の言葉を聞きながら、高梨恵の頭は全く別のことを考えていた。それは、森嶋由紀夫が自分の瞳の中を、まるで深い井戸の中を覗き込むようにして時々凝視してくるのはどういう動機からか、ということだった。皮膚に覆われていない剝き出しの器官である目は彼女の最大の弱点であり、自分の秘密の領域が他人に見られることほど厭なことはなかった。

しかし森嶋由紀夫に見詰められた時、高梨恵はその視線に慄きながらも、同時にそれを受け入れてもいる自分を感じて驚いた。そこには、何かしら柔らかいものがあった。眼力は決して弱くない。しかし微かな斜視によってそれが弱まるのか、見詰められても、視線が直接に体の中に突き刺さるような痛い感じはなかった。ママにさえ、じっと見詰められると長くは耐えられないのに、初めて会った男の視線をこんなにも柔らかく感じたのは初めてだった。

背中でボックス席がドッと盛り上がる度に、高梨恵は森嶋由紀夫とカウンターで飲んでいる二人切りの世界が次第に純化されていくような気がした。

名前を訊かれ、彼女は「高梨恵です」と答えた。

そして酔いも手伝って少し大胆になった。

「私も、教えて貰っていいですか？」

「何をや？」

「いいえ、別に」そう言って、彼女はグラスに残ったビールを呷った。

「森嶋由紀夫や」

この瞬間からそれまでで一番長く、四秒間ほど二人は見詰め合った。彼女は初めてゾッとした。森嶋由紀夫の視線が自分の中の最も深い部分に触れた気がしたのである。彼女は咄嗟に目を伏せた。柔らかな綿棒で耳掃除をして貰っていた時、突然敏感な部分に触れられたような、そんな痛みが心に走った。森嶋由紀夫はその時「ふっ」と息を吐いた。高梨恵が恥ずかしがったと思い、それを笑ったらしかった。高梨恵の頭に再び、森嶋由紀夫が自分の目を覗き込んでくるのはなぜなのかという疑問が再燃した。一つ確かなことは、それが高梨恵に対する恋愛感情からでは断じてない、ということだった。高梨恵がスコッチのお代わりを作っている隙に森嶋由紀夫はボックス席を振り返り、少なくとも二度、ミチコと視線を合わせたことに彼女は気付いていた。恋愛感情を抱いているとすれば、間違いなくその相手は美人のミチコであって自分ではない。騙す男はいても、恋愛感情を抱いてくれた男は今までに一人もいなかったという事実以上に、森嶋由紀夫の態度には高梨恵を何となく値踏みしているような、どこか冷めた部分が感じられた。彼女を見詰める彼の視線の柔らかさは、青果店の店主がイチゴやブドウを扱う手付きと同じような優しさであったが、しかし恋愛経験の乏しい高梨恵に森嶋由紀夫の真意は測りかねた。

ボックス席の客も森嶋由紀夫も最後まで店にいた。森嶋由紀夫は結局スコッチのロックを七杯飲んで呂律が回らなくなり、他の客がすべて帰った後、一番最後に店を出ていった。

「何を話してたの？」

ミチコがアヒル口で訊いてきた。大きく開いた胸元から、真っ白な乳房が盛り上がっている。それを見るたびに、高梨恵はビリヤードの玉を連想した。色むらがどこにもなく、どこまでも均一で不透明な白の中の白。この白さだけでも自分に備わっていれば、もう少しましな人生があっただろうかとよく考える。

「誰も責任を取らない社会、みたいなことです」

「それだけ？」

「はい」

二十八歳の高梨恵は、二十四歳のミチコにも二十六歳のサクラにも敬語で話す。ミチコは森嶋由紀夫が自分のことを何か言ってなかったかと期待するような目をしていた。あの男はミチコのような女にとっても魅力的に映るのかも知れなかった。見た目はひょろっとしてパッとしないが、どこか危険な香りと秘密の匂いがする。しかしそれだけに、余り近付かない方がいいのかも知れないと高梨恵は思った。ミチコなら上手く料理してそれなりに楽しむことが出来るかも知れないが、自分のような者が関わると何かとんでもない大失敗をやらかしてしまいそうな気がした。彼女を騙して根こそぎ貯金を奪った男は、昔こんなことを言った。

「お前は何もない道にわざわざたった一つ落ちている石を見付け出して、その石に蹴躓(けつまず)いてこけるような女だ」

テーブルの片付けを済ませてから、四人でカリントウ饅頭を食べた。

その時ママが森嶋由紀夫のことを話題に上げて、「あの男、いつか何かやらかしそうだわね」と言った。

「ふふ」ミチコが意味ありげに笑った。

「どほいふことですか?」高梨恵はカリントウ饅頭を頬張りながら訊いた。

「自分を持て余してるってことよ。あんた、相手しててそう思わなかった?」とミチコが言い、高梨恵は「はあ」と曖昧な返事をした。ママが頷いて「ああいう痩せた男のアレは、びっくりするほど大きいんだよ」と言うと、サクラが吹き出した。高梨恵はそんなことに関心はなかったが、もし森嶋由紀夫が本当に何かやらかすのなら、益々距離を保たなければと思った。

「あの客、前にも来たことがあるの?」サクラが訊いた。

「一度ね。結構飲む客だから繋いどかないと駄目よ」そう言うと、ママが顎を二重にしてアザラシの顔になった。

「アカシア」を出てアパートまで歩く途中、高梨恵は郵便局の駐車場に蹲って吐いている森嶋由紀夫を見た。男は胃の中にもう余り吐く物が残っていないのか、「カッ」とか「コッ」という乾いた声を、寝静まった夜の街に響かせていた。その声は聞くだに痛々しく、高梨恵は赤いパンプスを鳴らしてその場から走って逃げた。逃げる途中にビルの陰から「お化け煙突」が姿を現し、再び別のビルの陰に隠れて、また現れた。逃げれば逃げるほど「お化け煙突」がどんどんと大きくなってこちらに迫ってくるような気がした。

コンビニに駆け込んで呼吸を整え、クリームパンとカフェラテを買ったら落ち着いた。

コンビニから出て、歩きながらクリームパンを齧り、ストローでカフェラテを吸った。アパートが視界に入った時、歩道で一人の男と擦れ違った。中年と言うより初老に近い印象のその男は、肩に大きなリュックを担いで俯き加減に歩いてきた。そして擦れ違い様に高梨恵と目を合わせると笑顔を見せた。笑った口の中が黒くて前歯が抜けているのが分かったが、不気味な印象は受けなかったので彼女も軽く会釈を返した。そして彼女はふと立ち止まり、手に持ったクリームパンとカフェラテをしげしげと眺めて、半分ほど残っていたそれを今のホームレスに上げれば良かったと思い、いや、こんな食べ掛けの物を差し出すのは幾ら何でも失礼だろうと思い直して、再び歩きながら食べた。

アパートの階段の下のゴミ籠(かご)にパンの袋とペットボトルを捨て、ヒールの音を立てないように慎重に鉄の階段を上る。そして彼女は二階の扉の前に立ち、ポーチを弄(まさぐ)って鍵を取り出してからふと後ろを振り向いて、ビルの群れの中に聳(そび)え立つ「お化け煙突」の赤い航空障害灯を暫く眺めた。視線をアパートの向かいの漬け物工場の建物へとゆっくり落としていくと、歩道の上に森嶋由紀夫が立っていて真っ直ぐにこちらを見ているのに気付いた。彼女は目を見開き、慌てて扉の鍵穴に鍵を差し込んで部屋の中に姿を隠した。

郵便局の前であんなに苦しそうに嘔吐していたのに、いつの間にか跡を尾けられてアパートまで突き止められてしまったのである。高梨恵は恐ろしくなり、扉の覗き窓から外を窺いながら全身を耳にした。しかし覗き穴からは暗い夜景しか見えず、いつまで経っても鉄製階段を上って来る足音は聞こえてこなかった。一体あの男の狙いは何だろうか。きっとまた店にやって来るに違いない。その時はミチコかママに相手をして貰おう。とにかく、明日ママに相談してみることだ。カウンターで一緒に飲んでいた時、どこかのタイミングで自分の秘密の領域を森嶋由紀夫に見透かされたのだと高梨恵は思った。きっとあの四秒間に違いない。森嶋由紀夫はあの時、自分の中に何を見たのだろうか。高梨恵は流しの下からボトルを取り出し、ミニテーブルの上に置いたグラスに氷を入れてウイスキーを注ぎ、その夜は珍しく痛飲した。

「そんな時のために、頼れるボディーガードがいるんだようちには」

ママはそう言った。内場(うちば)というその男は、何度か客として来ていたから高梨恵も知っていた。二の腕がサクラの脹脛(ふくらはぎ)ほどもあって、背中の筋肉は砂糖袋を二つ貼り付けたように盛り上がり、体だけならどう見ても森嶋由紀夫に負ける筈のない男だった。

「でもあんた、あの男は結構飲んでくれるんだから手放すには惜しいやね。だから本当にヤバイ時じゃないと内場さんは呼ばないよ」

「はい」

「はいじゃないよ。本当にアパートまで尾けられたのかい。見間違いじゃないのかい？」

「見間違いではないです」

「何かつまんなーい」サクラが言った。

ミチコは、この話には余り関心を示さなかった。自分なら上手く利用して楽しんだ上にお金もふんだくれるのに、とでも言いたげな顔で煙草を吸っている。そこには軽い嫉妬もあるのかも知れなかった。

一週間経っても森嶋由紀夫は「アカシア」に姿を現さず、高梨恵も少し安心してきた頃、店が跳ねていつもの道を歩いていた彼女に森嶋由紀夫が走り寄ってきた。高梨恵は一瞬固まったが、しかしこの時の彼は少しも酔っておらず、「ご無沙汰やな」と言って笑った白い歯には清潔感があり、何より目の焦点が合っている気がした。

「明日、店に行くからな」

「はい」

「ほな」

それだけ言って走り去ろうとした森嶋由紀夫に、「あの」と高梨恵は声を掛けた。

「何や？」

「あの日、私のアパートまで跡を尾けて来ましたか？」

「ああ」

「どうしてですか？」

「興味が湧いたからや」

高梨恵は口の中がカラカラになっていくのが分かったので、極力ゆっくりと発音した。

「私にですか？」

「そや」

「なぜですか？」

「タイプやからや」

ふと森嶋由紀夫の背後の夜空を見ると、「お化け煙突」の航空障害灯の赤い光がこちらに向かってモールス信号のように点滅していて、彼女はそれが「ろくなことにならんから止めておけ」と言っているのか「勇気を出して飛び込んでみろ」と言っているのか測りかねた。しかし森嶋由紀夫に肩を引き寄せられるままに身を任せ、彼の背中に両腕を回した時、最初に「アカシア」のドアのところで彼のシャツの袖を摑んだ時からこうなることは分かっていたのだということに彼女は気付いた。


翌日の午後、二人は高梨恵のアパートで目覚めた。

昨夜から夜明け前に掛けて、彼らはコンビニで買ってきた酒を飲み、焼き鳥やポテトチップスを食べた。酔ってくると森嶋由紀夫は体を求めてきたが、高梨恵は生理を理由に拒否した。彼は素直にそれに応じたが、本当はもう生理は終わり掛けていた。少し時期がズレていても、本当に美味しいイチゴやブドウであれば人は強引に食べるのではなかろうかと高梨恵は思った。

「タイプって、どこが？」高梨恵は訊いた。

森嶋由紀夫は、少し眠そうだった。

「そんなもん、ここところここみたいに言えるかいな。全体的な雰囲気の問題や」

「私はどんな雰囲気なの？」

「真面目」

「真面目？」

「そや」

「どうして真面目だと分かるの？」

「ふっ」森嶋由紀夫はチーズを口に入れた。

「もし真面目じゃなかったら？」

「俺はそういうところは間違わへんのや」

間違わないのではなくて、相手に自分の勝手なイメージを一方的に押し付けているだけじゃないのと思いながらも、しかしそれはこちらも同じかも知れないと高梨恵は思った。もし森嶋由紀夫が彼女を見た瞬間に気に入ったというのであれば、自分もまたそうである。一目惚れというのは、元々自分の中にあった理想のイメージがたまたま目の前に現れた相手にぴったりと重なった時、恰もジグソーパズルの最後のピースのように、最早その相手なしには決して自分が完成されないという確信に貫かれることだと彼女は常々思っていた。最後のピースである相手がすっぽりと自分の中に収まり、えも言われぬ快感と共に、不完全で意味不明だった自分という出来損ないのパズルが突然理想的な完成体となるのである。そしてその通りのことが起こったのだ。そのピースこそ森嶋由紀夫であり、彼とは対照的に、高梨恵はその理由を幾らでも挙げることが出来た。

瞼が重くなっているらしい彼の姿を改めて眺めながら、彼女は自分が森嶋由紀夫を好きな理由を一つ一つ確認し始める。

愛でるかのように世界に触れる細くて長い指（グラスを持つ時や、袋の中からポテトチップスを摘み出す時のその指遣いを見る度に、高梨恵の目は快楽に浸される）。

内容に関係なく、耳に心地よい円やかな声と関西弁のイントネーション（聞いているだけで耳が喜び、意味などどうでもよくなってしまう）。

白い歯（卑近なところでこれに比肩出来るのは、ミチコの胸の白だけではなかろうか）。

時として焦点が合わなくなる澄んだ目。理想と現実に引き裂かれているらしいその精神の危うさが醸し出す危険な空気と、それが彼女に齎す漠然とした不安（「いつか何かやらかしそうだわね」「自分を持て余してるってことよ」というママやミチコの言葉が甦る）。

二重瞼。

骨を感じさせる瘦せた体。

利発な少年時代を思わせる、少し出っ張った後頭部。

形の良い耳。

少し尖った鼻。

人工的なところのない、雄としての生の匂い。

気が付くと高梨恵は、壁を背にして長座の姿勢を取る森嶋由紀夫の太腿の上に身を横たえ、頭を撫でられていた。酔って眠くなり、肩を抱き寄せられてそのまま彼の上に倒れ込んだことをぼんやり思い出した。ごく短い時間、眠ってしまったのかも知れない。彼の指が、ショートヘアを通して頭皮に触れていた。微かに耳に触れられると、羽毛で撫でられたかのようにビクッとした。彼女は彼の生あくびを押し殺した鼻息を顔に浴び、腸の中を移動するガスの音を聞いた。男と密着したのは何年振りだろうか。このまま二人で布団に入って眠ってしまいたいと思う一方で、もういい加減に帰ってくれないだろうかとも思った。共に布団に入れば、幾ら生理だと言い張っても酔った勢いでまた体を求められるかも知れず、どこまでも彼の要求を拒否して、貧相な体を出し惜しみする女だと思われるのは嫌だった（そして、いつか自分の裸にがっかりされるのは目に見えている）。敢（あ）えて経血を求めてくる男もいると言うが、一日中ナプキンを付けてシャワーを浴びていない体を喜ぶ男がいるとは、とても思えなかった。

　しかし、その日の仕事の疲れと酔いと満腹感とで、これからシャワーを浴びることも森嶋由紀夫に帰ってくれと言い出すことも億劫で、奥の三畳間に畳んで置いてある布団に二人して倒れ込む以外の選択肢は存在しないような気がした。

「布団に横になって下さい」高梨恵は森嶋由紀夫の鼻の穴を見上げながらそう言った。その左右の鼻の穴は、大きさと形に微妙な差があった。自分の鼻の穴は、果たして左右対称だろうかと彼女は思った。

「ん」

「こんな所で寝ては駄目です」

「ん」

　森嶋由紀夫は目を閉じたまま壁沿いにゆっくりと横向きに倒れていき、同時に高梨恵は彼の腕から上体を引き抜いた。森嶋由紀夫は畳の上に頭を付け、片腕を前に投げた。そして肩を体の中に折り畳んで小さくなり、苦しそうな息をした。お願いだからそこで吐かないで、と彼女は祈った。

　森嶋由紀夫が規則正しい寝息を立て始めると、彼女の眠気はましになっていた。高梨恵は立ち上がってトイレに行った。ナプキンには、黒っぽい血が一筋だけ付いていた。それから新しい下着とスウェットの上下を抱えて風呂場に行き、裸になって頭からシャワーを浴びた。スウェットを着て歯を磨き、ドライヤーで髪を乾かす。ショートヘアはこういう時に助かると思った。髪を伸ばしていた時期はなかなか髪が乾かず、それだけでシャワーへのハードルが今の三倍は高かった。

　風呂場から戻り、森嶋由紀夫の肩を揺すった。彼は目を開き、「しょんべん」

と言った。立たせてトイレに行かせた。高梨恵はトイレの外で長い放尿の音を聞きながら、出来れば便座に腰を下ろしてくれないかと思った。新しい歯ブラシを手渡し、子供の世話をするように声掛けをして洗面所で歯を磨かせる。寝ぼけているからか素直で、歯の磨き方は子供っぽい横磨きだった。森嶋由紀夫はシャツとパンツ姿になると、言われるままに三畳間の布団に寝転び、高梨恵は顔に保湿クリームを塗ってから彼の隣に潜り込んだ。

リモコンで灯りを消す。もう夜が明けていて、三畳間の小窓辺りがほんのりと明るかった。森嶋由紀夫は仰向けの姿勢で呼吸していて、横顔のシルエットの中で鼻の頭の一点だけが光っていた。高梨恵は天井を見詰めた。遠くで電車の走る音がして、続いて土鳩の鳴き声と森嶋由紀夫のお腹が鳴る音が聞こえた。彼女はそっと森嶋由紀夫の右腕を抱き寄せて、自分の指を彼の指に絡ませたりして遊んだ。

やがて漬け物工場のシャッターが開く音がして、周囲の街が徐々に動き出す気配がした。高梨恵は森嶋由紀夫の方に寝返りを打ち、右腕に鼻先を付けて匂いを嗅ぎ、肌を擦った。

枕元の目覚まし時計の針が六時半を指した時、彼女は漸く理解した。森嶋由紀夫との間には、このまま何も起こらないのだと。

自分が生理を理由に拒否したせいでこうなったこと、森嶋由紀夫が疲れていたこと、彼が思ったよりアルコールに強くないことなどで自分を納得させようとしたが、彼にとって飛び切りのイチゴでもブドウでもなかった自分という存在の詰まらなさが、小窓から射し入る朝陽にすっかり照らし出されたような気がした。

そしてその日から、高梨恵は森嶋由紀夫から離れられなくなったのである。

彼のモノは、ママが予想したほどの大きさはなかった。

彼は優しくもなく、ましてや高梨恵などタイプではなく、そして実際に何か不穏な計画に関わっていることがすぐに分かったが、しかし邪険にされ、ほったらかしにされればされるほど切ない想いがいや増した。やがて彼女は森嶋由紀夫に求められるままに金を渡し、性処理の道具に甘んじるようになった。それは彼女の異性とのいつもの関わり方であり、久し振りに味わうその底辺の感触に、深海魚が海底の泥の中に安らぎを覚えるように安堵している自分を見出して彼女は泣いた。酒量は目に見えて増え、「アカシア」での仕事にも支障が出始めた。森嶋由紀夫は店でも高梨恵を顎で使い始め、彼女は言われるままに独楽鼠（こまねずみ）のように動き回った。

ある日、桐山社長がいつにも増して思い詰めた顔でカウンターで酒を飲んでいるところに、高梨恵が遅刻して出勤してきた。彼女はいつものように桐山社長の横についたが、既にかなり酔っていた。そして桐山社長に小声で囁いた。

「工場の方はどうですか？」

桐山社長は彼女の顔を見て、何も答えずに小鼻をピクッと動かした。

高梨恵は繰り返し訊いた。

「桐山鉄工所の経営は、どうですか？　ウイッ」

桐山社長はウイスキーを一気に呷ると、カウンターにグラスの底を叩き付け、項垂れて熱い息を吐いた。ママが厨房から出てきてカウンターの二人を見た。その瞬間、桐山社長が高梨恵の肩を突き飛ばし、彼女は椅子から転げ落ちた。

「店で他の男といちゃつくな！」桐山社長が怒鳴った。ママが透かさず「社長、いい加減にして頂戴！」と叫ぶ。すると桐山社長はバッティングマシンのように大きく腕を回転させ、持っていたグラスをママに向かって投げ付けた。グラスは咄嗟に顔を背けたママの頬を掠めて、背後の鏡張りの棚に当たり、ガラスが割れ、数本のウイスキーの瓶とグラスが床に落ちて砕け散った。高梨恵は、床に引っ繰り返ったまま奇声を上げた。ボックス席に座っていたサクラがサッと立ち上がり、プチ餃子が入っていた皿を投げようと構えていた桐山社長を羽交い締めにして「止めなよ社長！」と言った。桐山社長は抵抗したが、小男の力では大柄で太ったサクラの腕力には敵わず、やがて火が消えたように大人しくなったかと思うと、深く項垂れて蚊の鳴くような声を漏らし始めた。高梨恵は立ち上がってカウンターの端に腰掛けるとぼんやりし、ボックス席でこの様子を見ていたミチコは、何事もなかったように客と話の続きを始めた。

暫くすると、店の中に屈強な男が一人入ってきた。ママが電話で呼んだボディーガード役の内場だった。桐山社長の背後に立っていたサクラは、カウンターの中に入ってガラスの破片を箒で集め始めた。神経に障るガラスの音が鳴る度に、ボックス席のミチコが耳を押さえた。

ママは電卓を片手に計算し、桐山社長に「ざっと十八万円の弁償よ、社長」と言った。

「お酒とグラスだけならまだよかったんだけどね。この棚の鏡、ここからここまで一枚鏡だから丸ごと取り替えないと駄目なのよ」

「そんな金はないよ」桐山社長は叱られた子供のように、そう言った。

「桐山社長、じゃあCFに行く？」ママが訊いた。桐山社長は眉根を微かに動かしただけだったが、その目に一瞬「その手があったか」と言うような煌きが走ったのを高梨恵は見逃さなかった。

「まあ、それはそれで手間かしらね。それとも桐山社長、もうとっくにCFのお世話になっているのかしら？」

ママにそう言われて、桐山社長は「CFの世話になるよな俺じゃない」と言い放った。それを聞いた高梨恵は、これは桐山社長の辞世の句かも知れないと思った。するとママが内場に目配せした。

「今から工場に行って、取立てさせて貰うからよ爺さん」内場は桐山社長の肩に手を置いて大きく揺すりながら言った。そして「よっ」という掛け声と共に桐山社長の作業服の襟を摑んで強引に椅子から引っ張り下ろし、肩を組みながら仲良く店を出て行った。

「恵ちゃん」ママが呼んだ。

「はい」すっかり酔いが醒(さ)めた高梨恵が、ママのアザラシ顔を見て返事をした。

「お疲れ様」

「はい」

「明日から来なくていいから」

「はい」

高梨恵はそれから数分間カウンターに向かってじっとしていたが、やがて席から立つと何も言わずに「アカシア」から出て行った。

九〈野崎翔〉

日曜日だった。

二階の自室にいた野崎翔は、玄関ベルが鳴るのを聞いて部屋の窓を開けて身を乗り出した。「お邪魔します」「いらっしゃい。お久し振り」という声がして、平野明の姿が見えたが、十歳の平野綾乃の姿は庇に隠れて見えなかった。部屋を出て階段を下りて行くと、玄関土間に立つ平野家の三人を、野崎道太郎と母の浩子が迎えている。

「あら、翔君こんにちは」平野綾乃の母親の平野京香に言われ、「こんにちは」と挨拶を返す。彼女の横に立っている平野綾乃は、春らしいピンクのワンピースに赤いカーディガンを羽織っていた。以前に見た時と比べて、明らかに背が伸びて顔が小さくなったと翔は思った。

家族ぐるみで付き合いのある野崎家と平野家は、こうして時々互いの家を訪問する。それは母と二人で暮らしていた時には考えられなかったことで、野崎翔にとって楽しい時間だった。綾乃の父である平野明と母は大学の同級生（尤も、途中で平野明は文学部から工学部に転部している）であり、綾乃の母である平野京香は母の後輩である。父が自殺した後、母は平野明に何かと相談に乗って貰っていたらしいが、翔が平野明の存在を知ったのは一年半前の母と野崎道太郎との結婚披露宴の席においてだった。少なくとも野崎道太郎よりはずっと母に相応しい相手のように感じた。その時、平野明と平野京香の娘で当時八歳の平野綾乃はまだ幼く、特に翔の関心を惹く存在ではなかった。しかし綾乃が九歳になった去年の夏辺りから、俄かに綾乃のことが気になり始めた。それは小学校を卒業した翔が性に目覚めた頃と一致していた。綾乃は母親譲りの少しきつい感じのキリッとした目の持ち主で、それが彼女をぐっと大人っぽく見せていた。ところが性格的にはおっとりしていて、ちょっとしたことでよく笑った。従って綾乃の笑い顔は、笑っていない時のクールな美と相俟って驚くほど可愛らしい印象を与えた。しかも綾乃は自分の可愛さに全く気付いておらず、自分自身のことよりパソコン画面や本といった目の前の興味の対象に純粋な関心を示した。その自意識の未発達さは、翔を心からホッとさせた。そんな綾乃と半日食事を共にしたり、一緒にゲームをして遊んだりしている内に、翔は自分が属する学校やクラスには綾乃より可愛い女の子が一人もいないことに気付いた。

去年の秋には、母と二人で初めて平野家にお泊りした。

その時、翔と綾乃は親達の隣の部屋で寝た。翔はその夜、隣の布団でとうに寝入ってしまった綾乃の寝姿を凝視しながら、なかなか寝付けなかった。綾乃は寝相が悪く、何度も寝返りを打ち、足を布団の外に投げ出したり、掛け布団を股の間に挟み込んだりして、それを見ているのが彼には楽しくて仕方がなかった。夜も更けて、隣の部屋の親同士の話し声も囁き声になってくるとさすがに眠くなり、うとうとした。その時突然、鼻先を誰かに触られたのでびっくりして目を開けると、すぐ目の前に綾乃の可愛い足指があり、それを見た翔は発作的にその指を口の中に銜え込んでしまった。今までに味わったことのない味がした。それは微かにしょっぱく、しかし彼がその瞬間に本当に味わったのは女の肌の感触で、生まれて初めて触れた女の柔肌を彼は舌で味わったのだった。隣ではひそひそと男と女の声がしていたが、その会話が平野夫婦のものなのか、平野明と母との間で交わされていたものなのかはよく分からなかった。翔は綾乃の足指を銜えたまま、そのゼリービーンズのような指の腹を舌先でなぞった。涎(よだれ)が溢れてきたが、音を立てないように注意しながらそっと喉の奥へと流し込む。その時、綾乃の足指に力が入って上顎に爪が刺さり、彼は思わず目を細めた。やがて苦しくなって口から綾乃の指を引き出すと、微かな灯りを反射して綾乃の爪先が光っていて、それがとても艶めかしく感じられた。翔はパジャマの袖で綾乃の足指の唾液を拭き取り、寝乱れた体を元に戻して足を掛け布団の中に押し込んだ。その時、視線を感じてふと見ると、枕の上でぐっと顎を引いた綾乃が彼の顔を凝視していたのでギョッとした。仏像のような半眼で睨み付けるようにこちらを見ている。翔は固まった。布団の中の小さな胸が、まるで怒っているかのように上下しているのが分かる。しかしゆっくり近付いてよく顔を覗き込むと、綾乃は目を開けたまま眠っているのだった。翔は安堵した。彼女の目は、半開きの瞼の中で時々カクックッカクッと細かく動いていた。そして、唇の間から少しだけ前歯が見えていた。隣の部屋から、女の押し殺した笑い声が聞こえた気がした。それは母の声に似ていた。彼はその声に背中を押されるようにして、自分の唇を綾乃の唇にそっと重ねた。そして綾乃の鼻息を吸い込み、舌先で彼女の前歯に触れてから弾(はじ)かれるように飛び退(の)いて、自分の布団の中で両膝を抱え込んだ。

そんな綾乃が、更に少し大人っぽくなって玄関土間に立っている。

翔は綾乃の胸と腰に、今までになかった肉付きを確認した。翔は階段の一番下の段にいて、一瞬綾乃と目を合わせたが、綾乃はすぐに視線を足元へ落とした。翔はそこに彼女の自意識を見出して少し気落ちした。女の自意識ほど鼻持ちならないものはない。彼の通う中学校の女子達は押しなべて自意識の塊で、自分がどう見られているかにしか関心がないように思えた。そんな連中を見ると、綾乃のことが真っ先に思い出されていたのである。

この日はちゃんとした寿司屋から上握りの盛り合わせを取って、居間のテーブルを囲んで皆で食べた。親達はビールを、翔と綾乃はウーロン茶とオレンジジュースを飲んだ。平野明は大手電機メーカーに勤務する電気技師で、収入は野崎道太郎と程よく釣り合いが取れていて、両家にとってたまの贅沢であるこのような食事会の費用は両家で均等割りになっているらしかった。

綾乃も嬉しそうに食べていて、子供っぽい笑顔を隠そうともしない。それが翔には殊更に嬉しかった。親同士も楽しそうに喋っていて、食べ盛りの翔にとってこの機会は至福の時間となった。大好きなハマチに続けて頬張ったイクラの風味が鼻から抜けていくのと、居間の窓からの陽光の帯が綾乃の姿を包み込んだのとが同時だったので、翔はその瞬間大きな喜悦の感情に圧倒されてしばし咀嚼を忘れた。母に声を掛けられて我に返ると、彼を見て笑っている綾乃が、天使の姿から現実の女の子に戻ったので彼は思わず照れ笑いを返した。綾乃が翔に対して、子供っぽい好意を抱いているのは確かだった。翔は既にこの時、綾乃を思うことなくマスターベーションすることは出来なくなっていたので、その不潔さが自分の体から滲み出して彼女に悟られてしまうのではないかと不安に思う一方で、綾乃に自分を男として好きになって欲しいという燃えるような欲望を抱いてもいた。しかしそれは同時に綾乃の中に大人の女としての自意識が生まれることを意味しているかと思うと、複雑な気持ちになった。彼が好意を持っていた複数の女子が、小学校高学年になって急に自然な可愛らしさを失い、中学生になるとどこか恐ろしい化け物のような存在になっていくのを目の当たりにしてきた翔は、綾乃にだけはそうなって欲しくないと強く願っていた。従って彼は、出来れば今すぐにでも綾乃と結婚したいと半ば本気で考えていたのである。

寿司は一つ残らずなくなり、翔の胃袋は満たされた。

場の話題が平野夫妻と母の大学時代に及んだ時、母が言った。

「翔、綾乃ちゃんと部屋で遊んできなさい」

翔は即座に困ったような顔を作った。

「お兄さんでしょ」

「いいのよ翔君、気を遣わないで」平野京香が言った。

「分かったよ。行こう綾乃ちゃん」そう言って立ち上がった時、すかさず綾乃が腰を上げてくれた瞬間に生じた内心の喜びを隠すことほど、翔にとって困難で且(か)つ喜ばしい演技はない。

十〈野崎道太郎〉

学生時代の浩子の話をする時、平野明はどうしてこんなに嬉しそうなのだろうかと、野崎道太郎は訝った。

「今は本当にしっかり者の立派な大人になりましたが、あの頃は泣いてばかりいたんですよ」

そう面白おかしく語る平野明に、野崎道太郎は笑顔で応じた。

「あら、そんなにしょっちゅう泣いてませんよ」そう言った浩子の顔は、ビールで少し赤らんでいる。平野京香は後輩らしくふんふんという感じで聞き、話の中に自分が知っている人間が出てきたりした時などに二言三言言葉を挟んだ。しかし結局この話題になると、野崎道太郎は否応なく除(の)け者意識を抱かされた。そもそも高卒の彼は、大学の話をされること自体が面白くない。その結果、いつも余計なことを言ったり訊いたりしては後悔した。この時も「どんな時に泣いてたんだね？」と口に出してから、しまったと思った。平野明は当然のようにこの質問を引き取って、得意げに答えた。

「青野先輩に強引に迫られた時とかね」そう言うと、平野明は浩子の顔を覗き込んだ。

「やめて」本気で困惑しているらしい妻の顔を野崎道太郎は見た。

「青野先輩は休学を含めて九年間大学にいた人なんですよ」平野京香が言った。

「ほう」

「学生運動みたいなことをしていました」

「浩子さんは青野先輩のアパートに拉致されて、しかし勇敢にもそこを抜け出して私のアパートに逃げ込んできたんです」平野明はそう言うと手酌でビールを注ぎ、美味そうに呷った。

「拉致とか逃げ込んだとか、それはちょっと大袈裟だわよ」浩子が怒ったように言った。

「どう大袈裟なんだね？」

この話を聞くのは初めてで、野崎道太郎は耳が熱くなるのを覚えた。

「そもそも拉致なんかされてません」

「ほう、では自分の意思でその青野とかいう先輩のアパートに行ったのか？」

「自分の意思と言うか、平野君のアパートに行ったのと同じような動機で行っただけよ」

「よく分からないが」

「普通のことよ」

「それはそうだろうな」

野崎道太郎は努めて平静を装った。

「泣いたのはなぜだい？」

「そんなこと、忘れちゃったわ」

すると平野明が言った。

「引き裂かれた恋心、みたいなことですよ」

するとさすがにこれはまずいと思ったのか、平野京香が「ちょっとあなた、何言ってるの」と釘を刺した。平野明は「しくった」と言って舌を出し、平野京香が「しょうがない人でしょう」という感じで笑いながら野崎道太郎を見てきたその顔には、「所詮（しょせん）は酒の席での与太話なので軽く聞き流して下さい」と書かれていた。

テーブルの上には何本ものビール瓶が立っていて、野崎道太郎はまだ手の付けられていないビール瓶に手を伸ばした。ところがそれは空で予想外に軽く、野崎道太郎は勢い余ってビール瓶を高く掲げてしまい、その格好は「自由の女神」か「棍棒を振り上げた原始人」を思わせた。一旦やりかけた動作を途中で戻せないのは老化の特徴である。平野夫婦は、大きな野崎道太郎が高々と掲げる空のビール瓶を揃って見上げた。野崎道太郎は咄嗟に「おい、ビール」と大声で言ったが、浩子が台所にいるならともかく彼女はすぐ隣にいた。加えて彼の発した「おい、ビール」には誰が聞いてもそれと分かる怒気が含まれていて、そのきつい視線は自分には全く関わりのない遠い過去の浩子に向けられているのは明らかだった。

浩子は夫の不穏さに気付いてすぐに台所に立ち、新しい瓶を持ってきてグラスにビールを注いだ。野崎道太郎はそれを一気飲みし、浩子から瓶をふんだくると手酌で注いでもう一杯飲むと、「最近はよく喉が渇く」と誰にともなくそう言った。

「一局いきますか？」と、その時平野明が言った。

野崎道太郎は一瞬考えて、「そうだな」と答えた。

十一〈野崎浩子〉

男二人がビールを持って奥の和室に移動し始めた時、浩子と平野京香は顔を見合わせて互いに肩を竦めた。盤上にぶちまけられた将棋の駒を無言で並べ始める二人を盗み見ながら、「男って単純ね」と浩子は言った。

「とにかく、共通の趣味があって良かったわ」平野京香はそう言うと、ビール瓶のついでに浩子が持ってきたチョコを口に放り込んだ。

そして二人は女だけの話をした。

話題は教育のこと、安売りスーパーのこと、更年期障害のこと、健康のこと、芸能界のことなど多岐に及び、そしていつものように脈絡がなかった。やがて平野京香が、最近全国的に流行っている「ＣＦカフェ」について触れた。

「それって、駅にも出来たやつよね」

「そう。浩子先輩、行ったことある？」

「ないわ」

「コーヒーがタダで飲めるのよ。それが結構美味しいの」

「え？　ＣＦってコーヒーの略だったの？」

「違うわよ。旦那さんの勤務先でしょ。何言ってるのよ」平野京香が困ったように笑った。

野崎浩子は、駅に出来たそのカフェの正面に掲げられたＣＦのロゴマークの看板を思い浮かべた。駅の改札から出てくるとそれは一番に目に付く。町には頓にポスターが増え、テレビＣＭも頻繁に流れていて、ＣＦのロゴマークを見ない日はないと言ってよい。テレビのＣＭはただ単に白い画面の隅に赤いＣＦのロゴマークが映し出されるだけで何の説明もなく、終始無音であるところが画期的だった。急にテレビが押し黙ると、ＣＦのＣＭだと分かっていても、ひょっとすると今度こそ何かが急に起こるのではないかと誰もが静謐（せいひつ）な画面を凝視する。

「どうせ何かの説明を聞かされるんでしょ」

「そんなことはないのよ」

「でも、何か言われるんでしょ？」

「カップをカウンターに返す時にこれを渡されるだけ」

平野京香は一冊のリーフレットを野崎浩子に示した。

白地に赤いCFのロゴマーク。中を開くと一覧表があり、二十六までの通し番号を付された「細胞」と、その住所が記されていた。

「何なのこれ？」

「よく分からないわ」

「『細胞』って何なの？」

「さあ」

野崎浩子は平野京香の顔を見た。やや俯いた顔の瞼の中で、目玉が盛んに左右に動いている。隠し事がある時の平野京香の様子は、昔も今も変わらない。

「あなた、もう細胞に行ってきたんでしょ？」

「あら、分かる？」

「分かるわよ」

「このチョコ、美味しいわ」

「で、細胞って何だったの？　何番の細胞に行ったのよ？」

野崎浩子は、瞬きする平野京香を眺めて思った。この女は昔から、自分の心の空虚さを何らかの権威によって埋めようとする傾向がある。だから思想や宗教といったものにフラフラと吸い寄せられやすいのだ。しかしCFについて詳しく知っているなら、聞いておいて損はない。

「十八番よ。家から一番近いから。それが普通のマンションで、小母さんが一人いて、それだけ」

「それだけ？　その人と何話したの？」

「大した話はしなかったな。お天気とか健康とかの世間話。お茶とクッキーを出してくれたわ」

「その人はCFの人なの？」

「そうよ。表札にもCFのロゴのシールが貼ってあった」

野崎浩子は野崎道太郎の会社が地域の中に深く浸透していることは勿論知って

いたが、身近な人間からこのような具体的な話を聞くのは初めてだった。恐らく勤務して数年しか経たない野崎道太郎も、「細胞」のような末端組織についてはよく知らないだろう。全国に展開するＣＦという巨大企業はどうも全貌が掴み難く、ＳＮＳでのチルネック疑獄その他の炎上ネタもファクトとフェイクの区別が付かなかった。最近になって頻繁に目にするようになったＣＦのポスターやＣＭの急増もどこか得体が知れない気がして、彼女は直感的にＣＦからは野崎道太郎の給料を貰うだけで十分であり、深入りは禁物だと感じていた。

それでも正しい情報だけは、少しでも多く得ておきたい。

「ＣＦってどれぐらい流行ってるの？」

「エックスの『＃ＣＦ』の伸びは凄いわね。『本当に楽になりました』とか『嘘のように苦しみが消えました』とか、そんなポストで溢れ返ってるのよ。もう政治家や企業だけじゃなくて完全に庶民レベル。やらせも多いと思うけど」

「犯罪の責任がなくなるのよね」

「そう」

「責任の無化なんて本当に出来るのかしら」

「旦那さんから何か聞いてないの？　ＣＦで工員の仕事してるんでしょ？　工員の仕事って処理作業みたいなことだよね。責任の無化そのものじゃないの？」

「仕事の話は余りしないから」

「ねえ、どうして旦那さんはＣＦで働くことになったの？　就職した経緯とか、そんな話は聞いてない？」

　この女は、どうしてそんなことまで知りたがるのだろうか。浩子は平野京香の顔を眺め、ふと平野明は京香のどこに惚れたんだろうかと考え、矢張りこのちょっと鋭くて大きな目だろうかと思った。

「特に聞いたことないわ」

「夫婦なのに？　旦那さんは三年前からＣＦに勤務してるのよね」

「そうよ」

「ふーん」

　平野京香は、和室で将棋を指している野崎道太郎を意味ありげに覗き込んだ。野崎浩子には平野京香の知りたいことが分かる。野崎道太郎が過去に何らかの罪を犯し、それを無化する代償にＣＦで工員として働いているのではないかとこの女は勘繰っていて、その犯罪行為が何なのかを知りたいのだ。それは野崎浩子自身何度も考えた末に、断固知らないでおこうと決めたことでもあった。

「もし私が罪を犯したとしたら、どうやってCFに責任を消して貰えるのかしら?」野崎浩子は話題を逸らした。

「さあ」

「警察に捕まってからでも、責任は消せるのかな?」

「どうかな。でも最近の事件報道とか見てると、大きな事件で逮捕されてもその後の尻すぼみ感がハンパないから、それはきっと責任が消えてしまったってことなんでしょ」

野崎浩子は頷いた。確かに最近、若者を中心に以前に比べて犯罪の暴走が目に見えて増えている。どうせCFによって責任が無になるのなら、どんな犯罪行為にも抑止が利かなくなるのは頷ける。そしてその多くの事件は、その後どうなったのか報道されないまま視聴者の前から姿を消すのである。こんな具合に世の中の箍が外れ掛かっているのだとすれば、CFほど罪な企業はないと言える。しかし野崎道太郎の勤める企業は、本当にそんな罪作りなだけのものなのだろうか。

平野京香はもっと何か知っているに違いない。

「あなたもう本とか読んでて、本当は結構詳しく知ってるんだよね？」

「まあね」平野京香は悪びれずにそう答えた。

「一体CFって何なの？」

平野京香は鞄から一冊の本を取り出して浩子に差し出した。CF社長・菅原哲明著『ゾ・カレの本質〜どうしても誰かを赦せなくなった時に読む本』というその本を野崎浩子は受け取り、パラパラと頁を繰ってみた。四百頁以上ある重い本である。

「読むんだったら、貸すけど」

「読まないわよこんなの」

読めば何か分かるとは思ったが、深入りは禁物だ。それと同時に、平野京香はどうしてこんなにも分厚い本をわざわざ鞄の中に入れて持って来たのだろうかと、野崎浩子は訝った。ひょっとすると平野京香はもうかなりCFの「思想」に染まっていて、お守りのように持ち歩いているのだろうか。今日訪ねてきたのも、CF社員である野崎道太郎に接近して何かを得ようという魂胆あってのことに違いない。そう言えばこの女には、昔から野崎浩子の恋人を奪いたがるようなところがあった。平野明は転部もあって留年したから、大学の卒業は浩子の方が一年早い。野崎浩子が卒業していなくなると、平野京香はまるで狙い澄ましていたかのようにあっと言う間に平野明とくっ付いたのである。

しかし、平野京香が野崎道太郎と男女の関係としてどうにかなるなどという展開は、ちょっと考え難かった。夫に平野京香を惹き付けるような魅力などない。

「あっ！」と平野明の声がしたので、二人は揃って和室の方を見た。

野崎道太郎がいい手を指したらしかった。

さっきまでの不機嫌さはどこへやら、野崎道太郎がまんざらでもない顔になっている。去年の秋に平野家に泊まった時、平野明がこっそり彼女に「わざと負けてやってるんだ」と打ち明けてきたことがあった。「そんなことをしてもバレるでしょうに」と言うと「旦那よりこっちが上手だから絶対にバレない」と彼は答えた。それが未だ(いま)に本当なのか嘘なのか分からない。平野明の、相変わらず人を小馬鹿にする性格は変わっておらず、その時、だから自分はこの男を選ばなかったのだろう、と合点がいった。

「もし誰かが家族に何か危害を加えてきたとしたら、その加害者を赦せる？」

平野京香が唐突にそう訊いてきた時、浩子はこの女は馬鹿なのかと思った。前夫を死に追い遣った会社と、過労死を認めなかった労働基準監督署とを彼女は死ぬまで赦せないと思っていて、それは平野明のみならずこの女にも何度か話した筈だった。少しのアルコールで相手の不幸をすっかり忘れて無神経な質問をしてくるような人間は、友達でも何でもない。それとも再婚したからもう吹っ切れただろうとでも思っているのだろうか？　黙っていると、平野京香は勝手に喋り出した。

「私は無理！　絶対に赦せない！」

自分のことになると想像力が働くのか、鋭い目が涙ぐんでキラキラしている。その時野崎浩子は、ああ平野明は矢張りこの目に惚れたんだと思った。

「参りました！」という平野明の声が聞こえた。

見ると野崎道太郎が顎を二重にして、小さな勝利に満悦している。浩子はこの時、夫がもし誰かに殺されたとしたら、自分はその犯人を一生赦さないだろうかと考えた。平野京香が、「どうしてあんな年取った大男と再婚したの？」と言わんばかりの顔で彼女を見ている。確かに目は綺麗だが精神はきっと愚鈍で、そういうところが平野明にピッタリだったのだろうと浩子は考えた。

「私はちょっと、その時になってみないと分からないな」

浩子はそう言うと、手に持ったビールを呷った。

「そう。ちょっと意外」と、平野京香は言った。


その夜、寝室にしている一階の和室で、野崎浩子は野崎道太郎に激しく体を求められた。最近の夫は酷く疲れ気味で夜の営みはめっきり減っていたが、この時ばかりは人が変わったようだった。百九十センチの大男に伸し掛かられると逃れる術はなく、最初から最後まで彼女は一切抵抗せずにいた。喜びも気持ちよさも何もない営みの間中、終始彼女を睨み付けていた野崎道太郎の顔を見ていると、頻繁にあの未知の表情に掏り替わっていることに気付いた。夫の巨体に組み敷かれながら、彼女はその表情が嫉妬に狂った鬼の顔であることに気付いて目を剝いた。青野先輩にも平野明にも、そして自分にも勿論この鬼は棲んでいたが、野崎道太郎の鬼はどこか抜きん出て暴力的で、何を仕出かすか分からない化け物のような恐ろしさを感じた。
彼女の中で野崎道太郎が果てた瞬間「ごっ」という唸り声がして、血走ってい
たその目から突然プラグを抜かれたかのように光が消えたかと思うと巨体が伸し
掛かってきた。彼女は胸を潰されて「げっ」と声を上げ、それと共に色々な寿司
のネタが混ざった匂いが鼻の穴から抜けていく。

十二〈豊崎和子(とよさきかずこ)〉

退職した看護師である豊崎和子は六十二歳の今、人生で最も充実した生活を送
っていた。彼女は退職金を叩(はた)いてマンションの二階の自宅の壁をぶち抜き、十八
畳の広い空間を造って、市内の十八番目の「細胞」としてCFに提供していた。
ここで豊崎和子は、随時訪ねてくる不特定多数の顧客の対応に当たり、「FTF
(face to face)会」という細胞内のエージェント達の会合の仕切り
や、「月例細胞チーフ会議」の議長などを務めている。第十八細胞チーフとして
エージェント達の先頭を切って街頭宣伝、ビラ配り、戸別訪問などの広報活動に

取り組み、契約獲得数は市内二十六ある細胞の中で常に五位以内に付けていた。表彰式で授与されたずしりと重いメダルは七枚に達している。

若くして夫と死別して以来ずっと続いていた豊崎和子の密かな苦しみはＣＦと出会ってからすっきりと晴れて、人生が刷新されたのだった。それを機に豊崎和子は、この救いを世に広める手伝いがしたくなり、みずから進んでＣＦエージェントに志願した。看護師現役時代は、同僚のみならず医師や診療放射線技師、事務職員、そして患者にまで誰彼構わず声掛けして回った。看護師長や看護部長からは、職場で詐欺まがいの商法を喧伝しているという嫌疑で度々叱責され、同僚からの苛めも絶えなかったが、その裏では、医療ミス、製薬会社との癒着、補助金の不正請求といった罪を隠し持った医師や看護師達がこっそりと彼女の元を訪れ、助力を乞うていった。豊崎和子は彼らをＣＦへと繋ぐことで罪深い魂の救済を手助けしてきたのである。これ以上にやり甲斐のある活動はなかった。

彼女を衝き動かしていたもう一つの動機は、ＣＦの社長である菅原哲明の存在だった。菅原哲明社長の七十冊に及ぶ著書や関連グッズを、豊崎和子は漏れなく蒐集していた。忙しい生活の中でふっと現れたエアポケットのような時間に、菅原哲明社長の写真を眺めてうっとりとするのが、彼女の至福の時である。十年ほど前のある日、菅原哲明社長の写真を手にうつらうつらしていると、突如雷に打たれたように全身が痙攣して、涙が止まらなくなった。どれぐらい時間が経ったのか、気が付くと畳の上に突っ伏していて腰が冷たく、穿いていたパンツや座布団が濡れていたので驚いた。当時の細胞チーフにこのことを打ち明けると、それは精神の最も深い部分で菅原哲明社長と結ばれたのだと言われ、豊崎和子は心の底からその言葉を信じた。以来ＣＦのために人生を捧げようと心に決めたのである。

その日、豊崎和子は一人の新しい顧客を自宅に招いていた。

玄関のベルが鳴った時、彼女の胸は高鳴った。ドアの向こうに立っていたのは、北岡雄二という二十六歳の青年である。

「北岡君ね、いらっしゃい」

「お邪魔します」

伏目がちに入ってきた北岡雄二は、招じられるままに座布団の上に正座した。

豊崎和子は台所から紅茶とケーキを持ってきて、卓袱台の上に置いた。

十八畳の広間にポツンとある卓袱台を挟んで、二人は向かい合った。

「ケーキを召し上がれ」

「頂きます」

北岡雄二は頭をスポーツ刈りにし、トレーナーにスラックスという格好で、一見どこにでもいそうな真面目な青年に見えた。彼は三口でイチゴショートケーキを食べ終えると、何かに急かされるようにして熱い紅茶を音を立てて啜った。

「ゆっくりでいいのよ」

北岡雄二は、なかなか目を合わせてこない。警戒しているらしかった。その内に、首をカクカクし始めた。チック症なのだ。しかし豊崎和子は待つことには慣れていた。これまでも彼女自身が白羽の矢を立てたり、細胞を束ねる「統括細胞」から紹介される者の多くはこのような固い心の持ち主だった。彼らはなかなか心を開くことが出来ないが、しかし本当は苦しくて堪らず、心の底から救いを渇望しているのである。嘗ての彼女がそうだったように。

「私も罪人だったのよ」

北岡雄二の呼吸が落ち着いてきたのを潮に、豊崎和子は語り始めた。

「自分のしたことに苦しめられて、押し潰されそうだったの」

彼女は紅茶を一口飲んだ。

「何をしたと思う？」

北岡雄二は、俯いたまま小さく首を横に振った。

マンションの前の道を、竿竹売りの声が通り過ぎて行く。

「夫を殺したのよ」

北岡雄二は黙って下を向いている。

「酒も煙草も女も賭け事もしない気の小さな人だったけど、暴力がとても酷かった。捌け口が私しかなかったのね。持病があったから自分の職場の病院に入院させて、点滴に薬を混ぜて殺したの」

「ばれなかったんですか？」北岡雄二が口を開いた。

「私がいつも体のどこかに痣を作っていたから、職場で常から心配してくれているドクターがいて、その人に死亡診断書を書いて貰って……。でもその代償は大きかった。十数年間生きた心地がしなかったわ」

「…………」

「そしたらCFのエージェントに声を掛けられたの。今のあなたみたいに」

「…………」

「私には貯金があった。でも北岡君には、お金がないのよね」

北岡雄二の顔がピクッと動いたように見えた。

「大丈夫。方法はあるから」

北岡雄二が目を合わせてきた。

「細胞チーフの殺人の罪は、消えたんですか？」

「罪は消えません。でも、責任は無くなりました」

「どういうことっすか？」

豊崎和子は北岡雄二の真剣な目を真っ直ぐ見返した。

「北岡君は、赦されない罪を犯した人間はもう二度と笑う資格がないと思ってるよね」

彼は穴の開くほど彼女の目を見てきた。その視線は、豊崎和子の目の奥に、彼女が犯した夫殺しの場面を覗き見ているかのようだった。

「それは、犯罪被害者のことを考えるからね」

北岡雄二は何も答えない。

「犯罪者は犯罪被害者に対して責任を取らなければならない。しかし実際には、責任は取れない。現行法に従って刑期を務め上げたとしても、その責任が消えることは決してない。被害者が一生苦しみ続けるならば、犯罪者もまた苦しみ続けなければならない、そう思うんでしょ？」

「………」

「もしそうなら、被害者にも加害者にも救いはない。でもそこにＣＦの働きが加わると、状況は全く別のものになるのよ。ＣＦが開発した、どんな責任も無にしてしまう『トリノ』というトリートメントが世界を一変させたの。『トリノ』とは即ち責任を物質化してエネルギーへと解消してしまう、所謂ペルト加工とクレーメル処理のことね。この言葉は北岡君もテレビとかで聞いたことあるでしょ？」

北岡雄二は押し黙ったままである。

豊崎和子は優しい物言いで先を続けた。

「本当はもっと複雑な工程があるらしいんだけど、大まかにはペルト＝クレーメルの理論の応用なのね。この『トリノ』の働きによって、犯罪者が背負った重荷が無になるのよ。これなしには、たとえ死刑になったとしても犯罪者の責任は決して消えやしない。ただＣＦの持つ科学力だけが、私達を自由にするの」

石のように固まって豊崎和子の話を聞いていた北岡雄二は、暫くの沈黙の後で口を開いた。

「でも……」

「でも？」

北岡雄二が顔を上げた。

「加害者の責任が消えてなくなったら、被害者や被害者の家族は余計に憎しみが収まらなくなるんじゃないすか？」

豊崎和子は頷きながら答えた。

「それは尤もな問いですね。でも、加害者の責任が無になった時に実際に生じる現象はそうではないのよ。ＣＦの『トリノ』によって加害者の責任が無化すると、被害者の憎しみもそれに応じて無化されるの。この、犯罪被害者に齎される憎しみや苦しみの無化を『ゾ・カレ』と言います」

「そんなの、信じられないっす」

「そうよね。私もそうだった。ところが『ゾ・カレ』は実際に起こるのよ。犯罪被害者の憎しみや苦しみは加害者の責任を問おうとする心から生じるものだから、もし加害者から責任そのものが消えてしまったら、憎悪の対象を失った被害者の憎しみや苦しみも当然消えてしまうことになるでしょう？」

「……でも、悲しみは残るんじゃないですか？」

豊崎和子は目を見開いた。この子は筋がいい。

「はい。悲しみは残ります。深い悲しみがね。私達罪人は、だから彼らの悲しみのために祈らねばなりません。しかし、悲しみそれ自体は決して悪いものではないの。それは純粋な心の働きだから。悲しみが憎しみと結び付いていることこそが悪なのよ。だからこそCFは必要だし、私達罪人は責任が消えても心は謙虚でなければなりませんね」

北岡雄二は黙り込んだ。

この沈黙は、豊崎和子にも覚えがあった。自分の犯した罪を改めて振り返り、その責任を自力で背負っていくことが出来るかどうか懸命に考えているのである。そしてその結論は分かり切っていた。本気で考えるならば、己の犯した大罪を自力でどうにか処理出来ると思える人間などいない筈なのだ。ましてや自分のみならず被害者を楽にすることが出来るのならば、CFによる処置を選択する以外他にどんな選択肢があるというのか。

しかし北岡雄二の結論は違っていた。

「もう少し、考えさせて下さい」と、彼は答えた。

それを聞いた豊崎和子は咄嗟に腰を上げ、北岡雄二に顔を近付けて怒ったようにこう言った。

「あなた、自分が何をしたか分かってるの？」

彼は突然驚いた顔になったかと思うと豊崎和子から顔を背け、聞こえるか聞こえないかの微かな声で「うっせえババア」と呟くと、カクカクと激しく首を引き攣らせた。その時彼女は、これで北岡雄二の本音を引き出せると確信した。

「ババアで結構。お前は人殺しだ！」彼女は怒鳴った。

「あんたもだろうが」北岡雄二が彼女を睨み返す。

「私の責任はもう存在しないわ」

「そんなの嘘に決まってんじゃんか！」

「もしそれが嘘だったら、どうして私はこんなに生き生きと生きてられるの？」

「そんなこと知るかよ」

「『トリノ』されない限り、人殺しの責任は何年刑務所に入っても消えないのよ」

「だって、責任が消えるなんてあり得ねえじゃんかよ！　大体『トリノ』って何なんだよ！」

北岡雄二の声が震えていた。

豊崎和子は突然押し黙った。そして彼の顔を眺めながら「分かりました」と言った。

「あなたも疲れたでしょう。もういいから、今日は帰りなさい」

そう言うと彼女は、テーブルの上の紅茶茶碗やケーキ皿をお盆に乗せ、布巾で丁寧にテーブルを拭いた。そして改めて北岡雄二に向かって言った。

「帰りなさい」

すると俯いていた北岡雄二の首に更に激しいチック症状が現れ、咄嗟に手で首筋を押さえている。暫くすると彼のスラックスの太腿の上に、数滴の涙の染みが出来た。

豊崎和子は膝立ちになってにじり寄り、彼の背中に手を置いて、いつもの説得の定石に従って優しい声を掛けた。

「CFの処置を受けようよ」

北岡雄二の口から糸のように細い声が漏れている。

「お金がないことが、心配だったのね」

彼は小さく頷いた。

「大丈夫よ。今の仕事を辞めて新しい仕事に就けばいいだけだから。お給料も今の三倍は貰える。あなたみたいな専門技能のない人にはぴったりの仕事よ」

「どんな……仕事なんです……か？」

「私もよくは知らないけど、液体を掻き混ぜるだけの簡単な仕事よ。出来るでしょ？」

「……出来ます……」

そして北岡雄二は顔を上げて、充血した目で豊崎和子の顔を真っ直ぐに見詰めると、力を込めてもう一度言った。

「出来ます！」

十三〈宝月誠仁〉

　ＣＦ本社の敷地面積は十一万五千四百三十六平方メートルで、全体は東乃真苑、西乃真苑、北乃真苑の三地区に区分される。東乃真苑は三万三千平方メートルに及ぶ庭園を擁し、警護隊本部、私設病院、研究施設、フランス料理レストランなどを備えている。西乃真苑は、本社の頭脳とも言うべきＣＦ根本社殿を擁する本社の中心部である。菅原哲明社長の私邸（東雲御所）のある北乃真苑は、面積六万千二百五十平方メートル、本社の敷地の中で最も広い面積を占める。

　ＣＦ本社はその広大さから第二の皇居という異名を取っており、敷地は一部を除いて一般市民の憩いの場として開放されている。

　その夜、ＣＦ広報戦略会議室長の宝月誠仁は、東雲御所のＣＦ広報戦略会議室の書斎で執筆していた。執筆は原稿用紙に下書きし、その原稿をワープロソフトを使って清書するという方法で行っている。言うなれば菅原哲明社長のゴーストライターである宝月誠仁は、この時巨大なデスクに広げた原稿用紙に軽快に万年筆を走らせていた。原稿を書くスピードは速く、一枚に四分から七分内のペースである。既に菅原哲明名義のCF広報関係書籍は百冊を超え、ここ数年は広報活動の拡大に応じて量産体制に拍車が掛かっている。二年後の菅原哲明社長の七十歳の誕生日までに、百二十冊を達成することが社長命令だった。現在執筆中なのは『あなたと被害者とを共に楽にする道~罪を犯してしまった人へ』と『菅原哲明自伝』、そして『悪の実相~責任という名の呪縛』であり、これを同時並行で期間一ヶ月以内で書き上げる予定である。

「人間は必ず過ちを犯すものである。
過ちは我々にとって必然的なものであり、我々は過ちから逃れることは出来ない。従って誰もが加害者となり、被害者となる可能性を持つ。幸いにして誰にも害を加えることなく、また誰からも害を加えられることなく一生を終えることが出来たとしても、それはあなたが有徳の人間であったからでも過ちを犯すことを人一倍慎重に避けてきたからでもなく、単に運がよかったからに過ぎない。まるで事故に遭うようにして加害者になってしまう人、文字通り事故に遭って大切な人を失う人、道を歩いていて落ちてきた鉄骨に潰される人、愛する人を泣きながら絞め殺す人、自ら進んで殺されようとする人、悪にしか生きる手応えを感じられない人、暴力を介してしか人と絆を結べない人、金のためなら何でもする守銭奴、他人を苦しめることが楽しくて堪らない人、自分が殺されることに対して早い段階から諦めてしまう人、首を絞められて気持ちよくなってそのまま逝ってしまう人、大変な結果になることが分かっているのにスイッチを切れない人、湿疹を掻くように他人の首を掻き切る人、歯を磨くような律儀さで人を騙す人、幾ら罪を重ねても被害者意識しか持ち得ない人、ＢＢＱのように人を焼く人、手始めに何匹もの猫を殺してから人間の幼児を殺す人、こういった人々はこの世に恒河(ごうが)沙(しゃ)の如(ごと)く、即ちガンジス川の砂のように数え切れないほど存在する。

　さてこのような世界にあって過ちを犯し、または過ちの被害に遭ってしまった人間はどうすればよいのだろうか。

　あなたは既に過ちを犯してしまった人だろうか、これから過ちを犯す人だろうか、他人からの加害によって心に取り返しの付かない傷を負ってしまった人だろうか、一歩も前進出来ないほどに歪められた人だろうか、あなたは数ヶ月先の自分の生に確信が持てる人だろうか、数日先に自分が生きていることすら分からないような人だろうか、失ったものを二度と取り戻せない人だろうか、希望という言葉が死ぬほど嫌いな人だろうか、奇跡は絶対に起こらないと知っている人だろうか、絶えず自殺を考えている人だろうか、復讐を心に誓っている人だろうか、詐欺師だろうか、強盗だろうか、強姦魔だろうか、殺人者だろうか。

~~即ち過ちとは、殺虫剤では根絶出来ない南京虫のようなもので、たとえ高熱によって何体かの個体を死に至らしめたとしても、毎日産卵される卵は生き残り、今この瞬間にも新個体が誕生しているのである~~」

宝月誠仁は最後の文を二重線で消した。老眼鏡を外して万年筆を置き、机上の皿から生チョコを二粒摘んで頬張る。コーヒーを一口啜ると顔を上げ、壁一面分の窓ガラスの向こうの都会の夜景に視線を投げた。

林立するビル群の中に、ＣＦのビルが聳えている。

それは全国にあるCFの建物の中の一つであり、このどこか異様な雰囲気を醸し出す建物は、都道府県支部である「P細胞」の下部組織「統括細胞」の数（東京二十三区と市町村数に対応していて、その数千七百四十一）に応じて全国に散らばっており、その総数は六百六十六（統括細胞二〜四に対してCF一の割合）存在する。

宝月誠仁は煙草に火を点け、深々と吸った。

先週、菅原哲明社長に面と向かって「どうだ、代筆は楽しいだろう」と声を掛けられた。

「はい」宝月誠仁は反射的に答えた。

「書いてると、段々そんな気になってくるだろう？」

「はい」

「そうだろう？」

「はい」

「せいぜい煙に巻けよ」

「はい」

「ほっほっ」

菅原哲明社長は笑いながら、宝月誠仁の肩をポンポンと叩いて立ち去った。宝月誠仁は、菅原哲明社長の言っていることがいつも今一つよく理解出来ない。しかし堂々たる押し出しの菅原哲明社長にそうやって声を掛けられると、忽ち胸の中に何かが満ちてきて圧倒的な感情に包まれ、二年後の菅原哲明社長の誕生日までに著作百二十冊を達成すべく今のペースを落とさないことを改めて心に誓った。

彼は、マホガニー製の高級書棚の中の菅原哲明社長名義の著作を眺め、天井に向かって煙を吐いてから何度か頷くと、銜え煙草のまま再び万年筆を原稿用紙に走らせ始めた。


「加害者がいるところに必ず被害者がいるように、被害者がいるところに必ず加害者がいる。この双方を媒介するのが犯し犯された罪であり、そこに生ずる責任の受け渡し（責任を取ったり取られたりすること）の不完全さ、曖昧さ、不公正さにこそこの社会の抱える根本問題があるのである。弁償や謝罪で済む責任もあれば、加害者が命を投げ出しても償えない取り返しのつかない責任もある。しかし社会は現行法に基づいて一様に機械的な処断を下すのみであり、最終的な決着は個人に丸投げされており、真の解決は為されないことが殆どである。その結果一つの事件に巻き込まれただけで一生が狂ったままに終わるような悲劇が生じ、怨恨は消えることなく延々と残り続けることになる。加害者と被害者の喉に刺さり続けるこの『責任』という巨大な障害物こそが、実はこの社会、ひいては世界に巣食う諸悪の根源なのだ。この責任の問題は個人対個人、組織対個人のみならず、民族対民族や国家対国家、宗教対宗教の対立をも齎す。即ち人類の根本問題と言ってよい。

そこでこの問題に関して、CFが介在しようというのである。

責任の完全なる無化こそが、社会の、そして世界の平和に資する最も有効且つ最終的な解決法だとCFは考える。それは加害者だけでなく被害者の苦しみも除去する物理システムである。

二十一世紀初頭、ルーマニアの頭脳集団『トランシルヴァニアの盾』に金の雨が降り（註……錬金術で、割られたユピテルの頭から立ち現れたパッラス・アテナの上に降り注いだ雨）、それによって観念の物質化と消去の技術である『ペルト加工』と『クレーメル処理』とが人類の手に落ちた。CFの技術はまさしくこれに基づいている。これによって加害者の責任が消滅する（『トリノ』の作用）ならば、それと同時に被害者の苦悩もまた消滅する（『ゾ・カレ』の働き）ということが起こる。この二つの作用は一体のものである。『トリノ』が作動すると、自己増殖の蛇であった悪は自らの尾を探す。そして尾を見付けて銜えることで円環を成し、その結果自動的に生じた回転運動を無際限に加速させた果てに、不可避的に自己消滅するのである。犯罪に伴う物理的・経済的損失もまた、物質として『クレーメル処理』される。即ちこの無への回転の渦に巻き込まれて完全無化する過程を辿る。『トリノ』の完了と同時に『ゾ・カレ』も完了し、CFのこの二つの作用が一体のものとなって、責任という恐ろしいオブセッションが完全に取り除かれるのだ。世界人類がCFの業に謙虚に身を委ねるならば、あらゆる汚濁が浄化され、瞠目すべき静謐な平安の世界が実現するのは疑い得ないところなのである」

宝月誠仁は万年筆を置いた。

煙草の箱から新たな一本を引き抜き、ライターで火を点けようとしてふと手を止めて彼は窓を見た。ガラスに映った自分自身の胸の辺りで、CFビルの航空障害灯がゆっくりと点滅し、煙突から立ち昇る太い蒸気を赤く染めている。彼は煙草に火を点け、原稿用紙の文字を目で追った。それから立ち上がり、サイドボードの中から取り出したグラスにウイスキーを注いで一息に呷り、原稿用紙に向かって呟いた。

「何を言ってる」

その声は自嘲の響きを帯びていたが、にも拘わらずその顔には満足そうな笑みが浮かび、強く吸われた煙草がチリチリと音を立て、やがて大きな白煙が窓ガラスに向かって吐き出されて花が咲くように砕けた。

十四〈高梨恵〉

高梨恵は、「アカシア」を辞めてから五日目の夜を迎えようとしていた。森嶋由紀夫はその間、一度しかアパートを訪ねてこなかった。彼のいない夜を、彼女は持て余した。時として、もう二度とここには来てくれないのではないかという不安に押し潰されそうになる。そして、恐らく愛して貰えていないだろう男に、またしても人生を預けようとしている自分に愕然とした。思い切って彼に無断でアパートを引き払い、行方を晦ましてしまおうかとも考えたが、それを実行するためには、少なくともあと一回だけ最後に森嶋由紀夫の体に触ってからではないととても無理だと思った。でなければ頭がおかしくなってしまう。しかしひょっとすると、既に頭はおかしくなっているのかも知れない。男と関わってきた過去の自分が、いつもそうであったように。

味わい慣れた手遅れ感の中でずっと待ち続けた呼び出し音が鳴り響いた瞬間、高梨恵は恐怖を感じた猫のように首を竦めた後、携帯電話に飛び付いた。

「もしもし」

「すぐに化粧して、着飾って出て来い」

三日振りの声に耳が蕩(とろ)けた。

「どこに行けばいいの？」

「浅野町三丁目の交差点や」

「それってどこ?」

「自分で調べろや」

「分かった」

夜のデートに誘われたのだろうか。この数日ろくな物を食べていないから、もし食事をさせてくれるなら森嶋由紀夫が驚くほどの量を食べてみせる、などと考えながら夜の顔を作り、一番お気に入りのドレスを着てアパートを出た。目的の場所までは、タクシーで十分ほどだった。交差点でタクシーを降りて半時間近く待ったが、彼女の方から電話するのは禁じられていたので漫然と待ち続けるしかなかった。

薄手のドレスに夜風が冷たかった。

途中、目の前を警邏(けいら)中のパトカーがゆっくり通り過ぎていった。立ちん坊だと思われたのか、運転席と助手席の警官が彼女を上から下まで舐めるように見ていった。たとえ立ちん坊であっても警官はいい女にはにやけるのが常だが、その表情は逆にどこか怒りを帯びているように見えた。

やっと電話が鳴った。

森嶋由紀夫が指示する通りに、西に一本入った裏通りを北に向かって歩いて行くと、古びたビルの前に森嶋由紀夫が立っていた。

「話は通してあるからな」と彼は言った。

階段を下りていくと、その店はあった。「キンセンカ」という、どう見ても三流のクラブである。

ボックス席に客が二人いて、それぞれに女の子が付いていた。

「鎌田さん」

「おう森嶋か」

「こんなので済みませんけど、よろしゅうお願いしますわ」

森嶋由紀夫は、同い年ぐらいのマネージャーの鎌田に高梨恵を預けると、何か言い掛けた彼女を無視してさっさと店を出て行った。その後ろ姿を見送りながら、店に入る前に階段の踊り場でなぜ彼の体に抱き付かなかったのだろうかと高梨恵は悔やんだ。

「経験はあるんだよね」鎌田マネージャーが詰まらなさそうに訊いてきた。

「はい」

「めぐみちゃんでいい？」

「いえ、メグちゃんでお願いします」

「あ、そ。それじゃメグちゃん、今夜から早速お客さんに付いて貰うよ」

「はい」


漏れ聞こえる店の女の子と客との遣り取りから、「アカシア」よりずっとバカっぽい店だと分かったが、今の自分にはこんな店の方が相応かも知れないという気がした。取り敢えずということで、眉間にホクロのあるユキンポという女の子の隣に座った。客は吉田と名乗る老人だったが、新顔の高梨恵を一度だけ繁々と見た後は、自分の老醜を棚に上げてあからさまに彼女を視界の外に捨て置いた。客のそういう塩対応に対して高梨恵は慣れっこだったが、ユキンポは気になったようで、吉田老人が帰った後「あんな奴のことを気にしたら駄目よ」と耳打ちしてきた。高梨恵より八歳年下だというユキンポは、もう一人の二十五歳のマライアに比べると余程好感が持てた。マライアは三人の中では容姿が一番ましで、高梨恵を見た目で評価する点では吉田老人と変わるところがなかった。鎌田マネージャーの顔にも、とんだお荷物を押し付けられたと書いてあり、ただ一人ユキンポだけが容姿で人を判断しない公正さを有しているように思えた。ユキンポ自身は色も白く可愛らしい顔をしていたので、余計に高梨恵は彼女のことが好きになった。自分を偏見なく見てくれる人間が職場に一人でもいると、残り全部が敵であっても何とか勤めていける。「アカシア」をクビになって生活のたつきを失った彼女は、当分この「キンセンカ」でやっていくしかなかった。しかしそれで一応収入の道は確保され、森嶋由紀夫に幾ばくかお金も工面出来ると思うと彼女は寧ろ嬉しかった。

「キンセンカ」で働き始めてから初めての休みの日に、高梨恵は森嶋由紀夫にドライブに誘われた。嘗てないことであり、彼女は「弁当を作る」とはしゃいだが、そんなことをしたらドライブは取り止めにすると言われて断念した。

当日の空は、気持ちよく晴れ渡っていた。

車はレンタカーだったが、そんな手間を掛けてまで自分を誘ってくれたことに彼女は喜びを感じた。森嶋由紀夫は行き先を告げないまま、高速道路に乗ってひたすら南下した。食事はサービスエリアのフードコートで食べ、支払いは高梨恵が持った。食後に森嶋由紀夫は屋外の喫煙ブースで煙草を吸った。その近くに高さ二メートルほどの真っ赤なＣＦのロゴマークのオブジェが立っていて、子供達がぶら下がって遊んでいた。高梨恵は紫煙を燻らせながらその光景を眺める森嶋由紀夫が、そのＦＲＰ製のロゴマークを単なる遊具としか見ていないらしいことに注意を惹かれた。ここへ来る途中、車の中でラジオのパーソナリティーが「人生において、自分の力では償えないような大きな罪を背負っちゃうことってありますからねぇ」とリスナーに語り掛けるのを聞いた森嶋由紀夫が、「こいつＣＦの手先か」と毒づいたこととそれは対照的だった。つまりそれだけＣＦが巧妙にこの社会に溶け込んでいるということかも知れない、と彼女は思った。

フードコートでは、そばにいた数名の若者のこんな会話が聞こえてきた。

「お前、それ金払ってないだろ？」

「あれ？　ホントだ。いつの間に俺の手の中にあったんだ？」

「わざとらしいんだよお前はよ」

「それってまじ犯罪だぞ」

「いっそＣＦっちゃうかな」

「チョコ盗んでＣＦるなんて聞いたことねえぞ」

「そもそもお前はやることがチンケなんだよ」

「どうもすんまそん」

　下らない遣り取りだったが、もし森嶋由紀夫が二人の肉うどんをカウンターに取りに行っておらず、この若者達の会話を聞いていたとしたらどんな反応を示しただろうかと彼女は想像した。そもそもＣＦを利用しなければならないような犯罪はどの程度以上の犯罪を言うのだろうかと考えてみたが、高梨恵にはよく分からなかった。

　ドライブにムードは全くなかったが、森嶋由紀夫の運転する車の助手席に乗っているというだけで彼女の心は満たされた。車の中の長い沈黙の後、ラジオを切った彼が漸く口を開いた。

「仕事はどや？」

「まあまあよ」

「さよか」

「ええ」

　それからまた沈黙の時間が続いた。

出発したのが昼過ぎだったこともあって、早くも陽が傾き始めた。

やがて車は高速道路を降り、国道を経てK県の田舎道に入った。

高梨恵は盛んに窓外の景色を眺めた。そして森嶋由紀夫に訊いた。

「どういうことなの？」

「何がや？」

車は間違いなく彼女の郷里に向かって走っていた。

「もう帰して頂戴」

「あかん」

「こんなの酷いじゃないのよ」

「だから何がや？」

こんな田舎道を走るにしては一分の迷いもないその運転振りから、高梨恵は森嶋由紀夫が予め下見をしていたに違いないと踏んだ。

全ては計画済みのことなのだ。

車が止まった時、彼女は森嶋由紀夫の調査能力に舌を巻いた。最寄りの高速道路の降り口と、村の名前と、庭に大きなイチョウの木があったという三つの材料だけから、彼は彼女の生家を突き止めたのである。過去のことを森嶋由紀夫に喋り過ぎた、と彼女は後悔した。

とうの昔に人手に渡っている筈の実家は、屋根瓦の色などが変わっているものの十分に昔の面影を残し、森嶋由紀夫に「さっさと降りろ」と言われてもすぐには体が動かなかった。外に回った森嶋由紀夫が助手席のドアを開けて強引に引っ張り出そうとしたが、高梨恵は昔の自分へと引き戻されるのを拒否するかのように頑強に抵抗した。

「分かったから、痛くしないで」

そう言って漸く車から降り、森嶋由紀夫に押されるまま知らない名前の表札の前まで来ると門の中から家の様子がはっきりと見えて、彼女はその場にしゃがみ込んで項垂れた。

「どうしたんや?」

「何でもない」

しゃがんだ状態で顔を上げると、そこには幼い頃の目線から見たのと同じ眺めがあった。

その瞬間、頭の奥に小さく折り畳まれていた記憶が展開し、一つの光景を一瞬で高梨恵の目に焼き付けたかと思うと勢いよく膨らんで破裂し、白い粉となって地面に降り注いだ。四半世紀振りに、彼女はその光景を目にした。それは、縁側から転げ落ちながら逃げ惑う男女に、大きな男が襲い掛かっている光景だった。その無音の映像の中で、男と女は高梨恵の方を向いて何かを叫んでいた。そして、ただそれだけの光景が次第に早回しになりながら頭の中で繰り返され、やがて、ペインティングナイフで擦られた油絵のような意味不明の模様となって消えた。

さっきまでまだ西の山並みの上にあった陽がいつの間にか見えなくなったかと思うと、急速に空が暮れ始めた。すると家の縁側の窓ガラスの中に人影が現れたので、高梨恵はハッとして目を凝らした。人影はこの家の主婦らしく、家の外にいる二人の男女に気付いて暫くじっとこちらを見ていたが、やがてシャシャッとカーテンを閉め、数秒後にカーテンの隙間からオレンジ色の細い灯りが漏れるのが見えた。

「おい、行くぞ」森嶋由紀夫は言った。

二人は車に乗り込み、その家を後にした。

レンタカー屋に着くまでの間、森嶋由紀夫が何を言っても高梨恵は一言も返事をしなかった。サービスエリアでもレンタカー屋でも、彼女は黙って言われるままに料金を払った。レンタカー屋で車を返すと、二人は彼女のアパートまで二十分ほどかけて歩いて帰った。ビルの隙間から「お化け煙突」の赤い光がチラチラと見えていた。

高梨恵は嫌がる素振りを見せたが、森嶋由紀夫は強引に部屋に上がりこんできた。そしてブレザーを脱いでTシャツ一枚になると、勝手に冷蔵庫から缶ビールを取り出した。

「貰うで」

彼は床の上に胡坐(あぐら)をかき、喉を鳴らして飲むと声を上げながら大きく息を吐いた。それから深く項垂れた。疲れているのだ。その様子を見ていた高梨恵は、彼女を連れて半日掛かりでレンタカーを運転したのはデートでも何でもなく、彼女に生家を確認させるという目的を持った一つの「仕事」だったと理解した。そしてたった今、彼は漸くそのしんどい労役から解放されたに違いない。

「どうして?」高梨恵は訊いた。

「やっと喋ったな」

「どうして村に私を連れて行ったの？」

森嶋由紀夫は缶ビールを飲み干すと、冷蔵庫の前に立った。

「お前も飲むか？」

「ええ」

ビールを飲むと視線が上がり、軍隊ラッパを吹くように並んで上を向いている二人の姿が、カーテンの開いた窓ガラスに映っていた。

「あの家で何があったんや？」窓ガラスの中の高梨恵に向かって、彼が訊いた。

「……由紀夫はもう、調べて知ってるんでしょ？」

「まあな。『こひつじ園』にも行ったしな」

矢張り「仕事」だったのだ。「こひつじ園」は、彼女が高校卒業まで入所していた児童養護施設である。その名前を耳にしただけで、すっかり忘れていた筈の沢山の大人達や子供達の顔という顔が、手品師の手から繰り出されたトランプのように一挙に目の前に飛んできたので彼女は目を閉じた。しかしいかに固く閉じようと、トランプは瞼の僅かな隙間に刺さってくるような気がした。

「お前もえらい目に遭おたな」

気の遠くなるような時間を掛けて薄皮を重ね続け、やっと少し厚みを増してきたと思っていた傷口の皮が森嶋由紀夫のせいで一気に破れ、中から何かがドッと噴き出してきそうで怖くて堪らなくなる。勝手に身元を調査して人の過去を暴く彼の目的も分からなかった。その自信ありげで人を見下したような顔。自分が好きになった森嶋由紀夫は、こんな顔をしていただろうか。

「お前は親を殺した犯人が許せん筈や」

「止めて」

「忘れたつもりになって誤魔化してるだけや」

「…………」

「行動してみんかい！　何やそのしょぼくれた人生は」

「…………」

「死んだ親に申し訳ないと思わへんのか？　あん？」

「何よこの野郎！」

高梨恵はそう叫ぶと森嶋由紀夫に飛び掛かった。彼女の豹変振りに不意を突かれ、尚且つ彼女を甘く見ていた森嶋由紀夫は、防御より缶ビールを落とさないことに気を取られた。高梨恵の鋭い付け爪が彼の左目の下と首を抉り、頭頂部が鼻に当たった。二人は諸共に畳の上に引っ繰り返った。夜のアパートが建物ごと揺れ、倒れた拍子に高梨恵は床に額をぶつけた。

二人は抱き合ったまま暫くの間じっとしていた。

どこかの部屋から怒声のような声が聞こえ、すぐに静かになった。

高梨恵は、ゴロリと森嶋由紀夫の体の上から身を引き剝がした。そして、付け爪の取れた指先をヌルヌルと擦り合わせた。

「痛って……」

見ると、上体を起こして壁に凭れた森嶋由紀夫が、左の涙袋から出た血を自分の顔に塗り込んでいる。

「血が出とるやないけ」

指に付いた血を見て彼はそう言った。首の傷からも、深紅の細い血が流れてTシャツの襟の中へと続いていたが、彼はまだ気付いていないようだった。「この人、意外と脆いんだ」と彼女は思った。それと同時に、森嶋由紀夫がいつもの顔へと戻っていく気がした。

「首も切れとる」彼はやっと気付いて、Tシャツを捲り上げた。臍（へそ）に血溜まりが出来ていた。彼は驚いた顔で彼女を見た。高梨恵は、ティッシュボックスから二、三枚を引き抜いて手渡した。首の傷に当てた白いティッシュペーパーはすぐに赤く染まった。彼女は更に五、六枚を渡した。

「止まらないな」

「御免なさい」

「ハンカチないか？」

二人は協力して首の傷口をハンカチで押さえ、ガムテープで固定することで止血を試みた。左目の下は、傷口から白っぽい肉は見えていたが出血はそう多くはなかった。森嶋由紀夫がビールの残りを飲もうとしたので高梨恵が止め、彼は素直に従った。

「二十五年も経つのに、まだ犯人は捕まってへん」

高梨恵は固まった。

「そんな酷い野郎が、自分の罪の責任を取らずにのうのうと生きとるんや」

「………」

「そういう社会なんや」

その目はあの、焦点のズレた目だった。

「おかしいと思わへんか?」

高梨恵は俯いて考え込んだ。床にぶつけた額が痛かった。

あの瞬間のことを思うと胸が潰れそうになるが、かと言ってもう犯人のことなど考えたくもなかったし、今更犯人を突き止めて復讐することが正解だとも思えなかった。しかし犯した罪の責任を取らずに済む社会が、正しい社会である筈がない。犯人だけでなく、施設でも学校でも水商売の世界でも、悪いことをしておいてまともに責任を取ろうとしない人間を彼女は山のように見てきた。今自分の目の前にいるこの男すら、その言に反して彼女への責任を取っていないではないか、そう思うと同時に言葉が出た。

「おかしいと思う」

「せやろが。俺はそういう社会の仕組みをぶっ壊そうと思とるんや」

それはいつもの森嶋由紀夫の主張だった。彼の生き方は一貫してその「ぶち壊し」計画の実行に捧げられている。

「俺はお前に協力して欲しいんや」森嶋由紀夫は言った。

ほらきた、と彼女は思った。自分に近付いてきたのも、最初から「ぶち壊し」計画に利用出来そうな女だと踏んだからだったのだ。セックスの時に自分のモノばかり銜えさせて殆どクンニをしてくれないことや、最近ではキスもしないこと、一緒に寝る時は必ず彼女に背中を向けること、しょっちゅう別の女の匂いがすることなどが頭の中を駆け巡った。しかしそんなことは最初から分かっていたことだ。分かっていて好きで好きでどうしようもないから、こんなにも苦しいのである。

「CFは責任を消してしまいよるんや」

「…………」

「噂はガセとちゃう。SNSやワイドショーに面白おかしく扱われることも含めて、全て計算済みの、連中の企みの一環なんや。昔はバカバカしいことほど民衆は信じたが、ネット時代の今はバカバカしいことを人は信じへん。それが賢い人間の条件やと思とるからな。そやから連中は、バカバカしさを装うて隠れ蓑(みの)に使うとるんや。責任を無化させる技術なんてある筈がないと皆思っとる。そやけど実際には責任ちゅうのんは、それがでっかければでっかいほど益々無化していっとるのや」

ああ、そういうことか、と高梨恵には合点がいった。森嶋由紀夫が初めて「アカシア」に来た日、彼の態度にはどことなく彼女を値踏みするような冷めたところがあった。そして一週間後に、店からの帰り道に突然彼女に声を掛けてきた。その間に、過去についての調べはある程度ついていたのだ。それから巧妙に話を聞き出しながら、実家の場所や「こひつじ園」を特定したに違いない。

「私は何をすればいいの？」

「『キンセンカ』に時々現れる男がおる」

森嶋由紀夫は計画を打ち明け始めた。

その男は恐らく数年前からＣＦで働いている。男が「キンセンカ」に来たら接客して親しくなり、ＣＦの情報を出来るだけ聞き出すこと。出来れば所持品をくすねること。セキュリティーカードが手に入れば計画は飛躍的に前進すること。

しかし彼らの守秘義務は絶対なので、かなり踏み込んだ関係になって貰わねばならないこと、などがその内容だった。

それを聞いて高梨恵は密かに眉間に皺を寄せた。

素人の頭で考えてもこの「ぶち壊し」計画は驚くほど稚拙で、森嶋由紀夫の頭の出来が疑われた。これではまるで半世紀前のスパイ映画ではないか。しかしこんな計画に真剣になっている彼の、首に巻かれた血の滲んだハンカチの痛々しさを見ている内に、彼女の体は否応なく疼（うず）いた。

「踏み込んだ関係って何？」高梨恵は訊いた。

「そこは任せる」

それは卑怯だと彼女は思った。

「協力したくないって言ったら？」

森嶋由紀夫は少し黙り込んでから答えた。

「正直に言うとな、やろうとしてるのは爆弾テロや。しかし犠牲者は一人も出えへん。工員や社員が全て退社した後で、『ペルト加工』や『クレーメル処理』っちゅう工程が行われとる三十八階の『心臓部』だけを爆破するんや。これは象徴的な破壊や」

「象徴的な破壊って？」

「そんなアホなことがある筈ないと理性では分かってても、人間っちゅうんは心のどっかで、ＣＦが本当に責任を無化しとるんとちゃうかって信じとるもんや。それどころか、寧ろ積極的に信じようとしているぐらいや。そやから、そこを逆に利用するのや。ＣＦの最重要施設を爆破してやな、現実に責任の無化作用が無効になったことを連中の心に刻み付けたるんや。つまりやな、全国のＣＦが齎す心理効果を失効させるという組み立てや」

高梨恵は指を自分の額に押し当てた。

「その男が来たってことは、どうやって分かるの？　何か特徴があるの？」

「ある」

「どんな特徴？」

「身長百九十センチの大男なんや」

「それだけ？」

「写真もある」

「見せて」

森嶋由紀夫にスマートフォンの写真を見せられたが、それは斜め後ろからのショットで殆ど参考になりそうもなかった。

いつも見ている「お化け煙突」は、そう簡単にやられるような代物ではないと高梨恵には思われた。森嶋由紀夫の爆破テロは絶対に成功しない、そんな気がした。それに、自分の過去とＣＦの爆破がどう結び付くのかということも分からなかった。ひょっとすると森嶋由紀夫は、自分が思うよりずっと馬鹿なのではないだろうか。そんな思いが頭を過ぎり、首の傷を痛そうにして顔を顰めている彼のことをもっと困らせたくなって彼女は言った。

「気が進まないわ」

その言葉を聞いて、森嶋由紀夫は力なく頷いた。その瞬間、ハンカチから滲み出した血の一筋が、ガムテープの表面を驚くほどの速さで滑り落ちた。痛いのか、彼は眉間に皺を寄せて唾を飲み込んだ。高梨恵はそんな彼のことを可哀想だと思いつつ、そういう姿を見るのが堪らなく好きだったのでもう一度同じ言葉を繰り返した。

「全く気が進まない！」

その時彼の目は靄（もや）が掛かったように焦点ボケし、耐え難い疲労と傷のダメージによって、今にも真っ暗な深淵に呑（の）み込まれようとしているかのように見えた。

高梨恵は心配で堪らないという顔で彼を見詰め、彼の方に手を差し伸べながら、決して彼に見えないであろう心の隠れ家の中でこっそり狂喜した。

十五〈野崎道太郎〉

野崎道太郎は、自分の心身のバランスが日増しに崩れていくのを感じていた。特に出勤してエレベーターに乗り、三十八階で扉が開いた瞬間に嗅ぐ溶液の匂いに最近は我慢出来なくなっている。作業場は気密性が高く、フロア全体に強力な換気システムが張り巡らされて二十四時間フル稼働しているため、少し前まではこの匂いに全く気付かなかった。退社時に自分の体に残った匂いを嗅ぐことはあっても（それすら、幻臭であるという自覚が彼にはあった）、出社時、作業場の二重扉を潜る前に溶液の匂いを嗅いだ記憶は一切ない。これも幻臭かと考えたが、しかしエレベーターの扉が開いた瞬間に間違いなく鼻腔を襲うあの、ごく薄くはあるが紛うことなき溶液の甘い匂いの実在感には否定し難いものがあった。一旦気になり出すとそれは日を追ってリアルなものになり、やがて吐き気を覚え始めた。実際にトイレに駆け込み、朝食の最後に食べたヨーグルトを少量便器に吐いたこともある。体の異変については厳密な報告義務があるが、体の病気ではなく心理的な原因によるものだと見なして報告は見合わせた。しかし実際にはこれは生体全体からくる生理的な拒否反応で、気の持ちようなどではどうにもならないものだと感じていた。

遅番のその日、幾らシャワーを浴びてもいつも以上に匂いが取れず心に暗雲が垂れ込めた。彼はユキンポのおバカ振りに癒されるべく、「キンセンカ」に出向いた。

頭を下げて扉を潜ると、「いらっしゃーい」といつもの元気な声で出迎えたユキンポの背後に初めて見る新顔の女がいて、小さな目を大きく広げてこちらを見てきた。板のように瘦せた小さな女だった。

客は彼一人で、ボックス席でユキンポとその女が両サイドに付いた。

「ユキンポです」

「知ってるよ」

「メグです」

「ああ」

　五分も経つと、新顔のメグの詰まらなさが忽ち露見した。こちらの話をユキンポならすぐに打ち返してくるが、この女は完全に失速させてからでないと打ち返せないらしかった。その返球も、殆どがネットに引っ掛かってアウトになってしまうような代物で、声に張りがなく、たまに笑うと蛾でも食べたような顔になる。この女はすぐにこの商売を辞めて内職でもした方がいいなと、そう思っていると別の客が二人入ってきて、鎌田マネージャーが謝りながらユキンポをそちらのテーブルに移動させた。「後でマライアが来ますんで」と鎌田マネージャーは言ったが、マライアは彼が帰るまで店に姿を現さなかった。

　何も喋らないメグを横に置いて、バーボンウイスキーのグラスと煙草とを機械的に口に運んでいると、突然眩暈がした。最近になって目立って増えている。両手にグラスと煙草を持ってじっとしていると、メグが声を掛けてきた。

「大丈夫ですか？」

「ああ」

「ここに横になって下さい」彼女はユキンポが座っていた椅子を示した。

「いや、それには及ばん」

彼女は野崎道太郎の手からグラスと煙草を取り上げ、灰皿に置いた煙草にビールを掛けて火を消した。

「勿体ないじゃないか」

冗談でそう言ったつもりがメグには通用せず、彼女は「済みません」と謝って、どうしていいのか分からないような不安な顔をしたが、それを見て彼は一層気持ちが悪くなった。

壁に頭を預けて目を閉じると、世界が回り始めた。彼は目を開けて顎を引き、背筋を伸ばした。すると溶液の甘い匂いを吸った気がして、強い吐き気に襲われた。

カウンターの中から様子を見ていた鎌田マネージャーが、水を持ってやってきた。

「どうぞ」

「済まんな」

一口水を飲んでから少し経つと更なる吐き気と腹痛が訪れ、思わず横にあった何かの上に手を置いて立ち上がろうとした時「ぐぇっ」と声がした。クッションかと思ったら、メグの腹の上に手を突いていたのだ。その腹は少年のように薄く、聞き間違いでなければメグは腹を押された瞬間に放屁した。慌てて鎌田マネージャーが彼の脇の下に手を入れて立たせようとしたが、身長百九十センチの巨体は生半(なまなか)なことでは持ち上がらない。野崎道太郎はそのままメグの体の上にしなだれ掛かり、ほんのりと屁の臭いを嗅いだ。忽ち胃が痙攣し、ウイスキーとチーズと枝豆がミックスされた少量の温かい液体を彼女の赤いパンプスの横に吐いた。その後も度々大きな背中を震わせながら、大量に嘔吐するのを懸命に堪え続ける。鎌田マネージャーが店の奥から、中にレジ袋を入れたバケツを持ってきて彼の傍に置き、重みで全く身動き取れないメグは、散々躊躇った挙句、目の前の広大な背中を擦り始めたが、彼女の手の力は弱過ぎて何もしていないのと同じだった。

世界の回転が少し収まってきた機会を捉えて野崎道太郎は突然立ち上がり、巨体を揺らしながらフラフラとトイレへと向かった。それから半時間ほど、彼は小さな個室トイレに籠もって悶絶し、その後暫し気を失った。その間に鎌田マネージャーとメグは床掃除をした。トイレの中から断末魔の声が響いてくる度に、ユキンポが楽しそうに反応した。

　トイレの中で両膝を突き、便器を抱えて悶え苦しみながら、野崎道太郎は先の日曜日以来頭の中に巣くってしまった、妻の浩子と平野明とのただならぬ関係について猛然と考えを巡らせた。平野明の話し振りからして、学生時代に二人が肉体関係を持っていたのは間違いない。それは彼の手の届かない過去の出来事であり、あれこれ穿鑿しても仕方がないということは頭では分かっても、一旦点火したら最後、行き着く所まで行かなければ絶対に鎮火しない嫉妬の炎は既に彼の中で燃え盛っていた。二人のいた舞台が、彼の知らない「大学」であることも火に油を注いだ。

　野崎道太郎は数日前、密かに全国の大学ガイドブックを買っていた。平野明の妻京香を含めた彼ら三人が通っていたK国際大学は文学部、経済学部、工学部、商学部を擁する総合大学であり、男女の比率はほぼ半々、部活動やサークル活動は大変活発で、「樹木が豊富で、あちこちに池や噴水を備えたキャンパスは青春を謳歌するには最適」などと記されていた。野崎道太郎はそこに潜む隠された意味を敏感に感じ取り、大学というのは勉学を隠れ蓑にして若い男女が性的な関係を学ぶ、半ば公然の性教育機関だと結論付けた。

今思えば去年の秋、翔と二人で浩子が平野家にお泊りした時に平野明と浩子が密通した事実は疑い得ず、その後も二人が密会を繰り返していない証拠は何もない。野崎道太郎は日々CFでの労働に明け暮れ、彼の留守中に浩子がどこで誰と何をしているかなど知るよしもなかった。その、彼の知らない膨大な二人の秘密の時間について一旦考え始めると妄想は際限なく広がり、思考は激しく空転して火花交じりの煙を噴き上げ始める。

平野明が浮かべる薄笑いが頭の中を過ぎった時、最初の波が訪れた。彼は便器を固く抱き締めると、その中に大量の嘔吐物をぶちまけた。嘔吐の最初と最後に、体の奥底から、大型トラック同士が正面衝突したような大きな声が出た。すると店の中から、ユキンポの声が聞こえた。

便器に突っ込んだ顔をゆっくりと上げると、野崎道太郎は涙目で遠くを眺めた。実際に見ていたのは便器の蓋の裏に過ぎなかったが、そこに明滅する遠い過去の光景を彼は凝視した。すると体の中から第二波が迫り上がってきて、今度は墜落したヘリコプターのローターがコンクリートの建物の壁を叩くような声を上げて、間歇的な嘔吐を繰り返した。ユキンポが手を叩いて拍子を合わせてくる。彼女の手拍子と嘔吐のタイミングがピタリと合うと野崎道太郎も一瞬楽しい気持ちになって、「アホッ」と声を上げた。するとユキンポだけでなく他の客も挙って歓声を上げた。

それが悲鳴のように聞こえた瞬間、彼の気持ちは忽ち巨大な不穏さに呑み込まれた。目の前に見たくもない過去の光景が再び現れたので、彼は便器の蓋を叩き付けるように閉めてその上に突っ伏した。酸っぱい臭いが鼻腔に満ちたが、第三波が来るより先に幻覚が訪れた。

もう終わってしまった筈の過去が、蛇のようにトグロを巻きながら彼の目の前で断片的な光景を展開し始める。

逃げ惑う男女がいた。激しく視界が揺れていた。男女は意味不明な言葉を叫んでいた。男の鎖骨のすぐ上辺りには大きく開いた裂傷があり、そこから破裂した水道管のような勢いで血が噴き出している。女は背後から男に抱き付き、両手で男の傷口を塞ごうとした。行き場を失った血は横に跳ねて女の顔を直撃し、白一色だった顔が一瞬で真っ赤に染まった。男女は自分達が最早逃れられないということを正確に理解しているようだった。男が顔に重い鉈の一撃を受けて顎が飛んでしまった時、その人相はびっくりするほど大きく変わった。男を庇おうと前に乗り出してきた女の豊かな胸にも凶器が突き刺さり、二人は絡まり合った二つの凧のように突然失速して地面にくずおれた。

この陰惨な光景は、終始詩的な光に包まれていた。

野崎道太郎は、一種の芸術作品を見るようにこの光景を眺めた。

浩子と平野明に感じる嫉妬の感情と同じものがこの時の自分を狂わせ、この取り返しの付かない光景を惹き起こしたことは頭では分かっていたが、それは既に処理済みの出来事に過ぎず、血まみれのダンスを踊るこの男女のパフォーマーが彼に何らかの情動を喚起することはない筈だった。

「あなたの責任は完全処理されます」

この言葉だけが、彼の唯一の寄る辺だった。

自分の中から完全に吐き出されようとしているものが、この眠りの中で夢の形を取って現れて最後の足掻きを見せたのかも知れない、と彼は思った。ならばそれは「処理」の真の完了が間近に迫っていることを意味するのではなかろうか。「処理」は彼がここに来た時点で即座に実行された筈だったが、これまでにも何度か、何がしかの残滓を疑わせるような小さな不快感を感じたことがあった。その度に、その不快感はまだＣＦに借金が残っていることと関係しているのかも知れないと思ってきた。ひょっとすると今こそ、貯めた金で借金を一括返済し、あの前歯の抜けた工員のようにこの忌々しい仕事から足を洗う潮時なのかも知れない。

そう思ってふっと顔を上げると目の前に、小さな藍色のタイルを敷き詰めた壁があった。規則正しく並んだそのタイルの整然なる様をじっと眺めていると、次第に頭の中が整理されていく気がした。胃は嘘のように凪いで、多少の頭痛は残っていたが気分はすっかりよくなっている。驚いたことに、何か食べたり飲んだりしたいという欲求が湧いてきて、彼は便器に水を流し、ゆっくりと立ち上がるとトイレから外に出た。

「お疲れ様です」

そこにはメグが立っていて、彼に向かっておずおずとお絞りを差し出してきた。

十六〈高梨恵〉

その大男が店に入ってきた時、高梨恵は一目でこれが森嶋由紀夫が言っていたCFの社員だと分かって目を剝いた。身長百九十センチの男がこれほど大きいとは、彼女は全く予想していなかった。横に腰を下ろすと、身長百四十八センチの自分がまるで子供に戻ったように思えた。その男からは、どことなく甘ったるい匂いがした。彼女は「メグです」と名乗るのがやっとで、小さな目をキョロキョロさせながら大男の所作をただ眺めていた。時々話し掛けられたが、何かが心の中を乱暴に搔き回していて、落ち着いてうまく応じることが出来ない。

後から入店してきた客のテーブルにユキンポが移動してしまうと、緊張は更に高まり、大男が急に体調を崩して倒れ掛かってきた時は、自分も両親と同じようにこの男に殺されるのだと思って恐怖で一杯になり、腹を押された時も自分が放屁したことにすら気付けないほど無力感に打ちのめされていた。

大男の体は岩のように重く、吐かれたゲロはとても臭かった。

しかし誰であれ、自分の目の前で苦しんでいる男を見ると高梨恵は放っておけず、長い逡巡の後、痙攣し続ける彼の背中を小さな手で擦った。たとえそれが砂漠の真ん中で砂を掃くような無意味な行為に過ぎなくても、弱った男や外れ者や犯罪者や落伍者に何らかの手当てを施さざるを得ないというこの一種の強迫観念こそが、彼女のこれまでの人生における躓きの石の正体なのだった。

トイレの中から聞こえてくる苦しそうな声を聞いて笑うユキンポを、彼女は憎めなかった。それは、ユキンポなりの彼への配慮のような気がしたからである。

大男の声は途中から聞こえなくなり、ノックしたり声を掛けたりしてみたが反応はなかった。暫く経ってから、水が流れる音が聞こえた。高梨恵はお絞りを摑んでトイレの前に立った。出てきた大男は小さく頷いてお絞りを受け取り、手と顔を拭いた。

ユキンポが「お帰りなさい」と手を振った。

「おう」大男が応えた。

それから彼はサンドイッチとビールとウイスキーを注文し、立て続けに煙草を吸った。吐いたことで体調が回復したようだった。非常事態が去ると再びこの男に対する恐怖心が甦りかけたが、しかし彼がモノを食べる時の舌鼓の打ち方や、煙草を持つ手付きや、何かの拍子に眉根をヒュッと上に上げる癖などに馴染んでくると、彼女の気持ちは徐々に落ち着いた。

この男も余り話をする方ではなく、ユキンポのテーブルに比べてこちらは火が消えたように静かだったが、大男はその沈黙を特に不満に思う風でもなかった。あるいは彼の方も、高梨恵の不器用さに慣れてきたのかも知れなかった。大男が煙草の箱から最後の一本を取り出すと彼女はライターで火を点け、彼が飲み干したグラスに氷を入れてウイスキーを注いだ。

しかし沈黙ほど饒舌（じょうぜつ）なものはない。

高梨恵はふとこの大男に、最近街でよく見掛けるホームレスの男と同じ空気を感じたが、それが何なのかはよく分からなかった。彼女が鼻をくんくんさせると、ゲロの臭いに代わって再びほんのりと甘い匂いがした。大男は、まるで何かを我慢するかのように、眉間に皺を寄せてどこかを睨み付けている。何を見ているのだろうかと思った時、不意にこの男の正体を知りたくないという思いが胸の中を過ぎった。

と、彼女は森嶋由紀夫に命じられた自分の仕事を思い出した。

ＣＦの情報収集とセキュリティーカード。

大男は下はスラックス、上はポロシャツの上にジャケットを羽織っていて、その膨らんだ内ポケットの中に財布が入っているのは間違いなかった。しかしその財布の中からこっそりカードを抜き取る手口など、彼女には想像も付かなかった。そして、こんな仕事を素人にやらせようとする森嶋由紀夫の杜撰(ずさん)な計画に、改めて腹が立った。もし彼女が窃盗罪で捕まっても彼はきっと責任を負わない。

責任を無化するＣＦという企業。それを許せないと考える森嶋由紀夫が、ＣＦの施設を爆破する計画を立てた。しかしその計画自体が杜撰で無責任な代物に過ぎないという矛盾に彼女の頭はクラクラした。結局、自分の責任を棚上げにして他人の責任ばかりをあげつらうのは、人間の業のようなものなのだろうか。思考は堂々巡りに陥り、彼女はビールを呷った。恐らく爆弾も不発に終わるに違いない。

ふと見ると、大男が赤い顔をしてテーブルの上を睨み付けている。

高梨恵同様、彼も何かを考えている様子だった。その思考が穏和なものでないことは表情から分かる。森嶋由紀夫も時々見せる、心の中に何か不穏な計画を蔵している顔である。そしてこの大男の頭を巡っている計画は、ＣＦ爆破計画よりももっと遥かに地に足の着いたもののような気がした。森嶋由紀夫には、恐らくまだ何も犯罪的なことをやっていない頭でっかちなところがあったが、この大男の過去には間違いなく暗いものがある。その暗さは、前歯の抜けたホームレスよりずっと濃い気がした。似ているようで、大男とホームレスの男はどこかが決定的に違う。

大男が煙草の箱を手に取り、中に指を突っ込んで空であるのを確認してから箱のビニールを取り去った。

「新しいのを買ってきましょうか？　同じ物がお店にあります」

「ああ」

「五百六十円頂きます」

「ああ」

案の定、大男はジャケットの左の内ポケットから財布を取り出して、開いた。

高梨恵がそれとなくその大きな財布を覗き込むと、カードポケットに数枚のカードが挿してあるのが見えた。大男は千円札を引き抜いて差し出してきた。高梨恵が席を立って煙草と釣り銭を受け取って戻ってくると、テーブルの上には人型に切り取られた二体の紙人形が四つん這いの姿勢で置かれていた。一つは銀色、一つは白で、それは煙草の箱の銀紙の裏表だった。

「何ですかこれは？」高梨恵は煙草と釣り銭を手渡しながら、大男に訊いた。

大男は「うむ」と頷き、テーブルの上に置かれた財布の上に釣り銭を乗せると、煙草の箱を開けて一本取り出して彼女に火を点けさせた。

「銀色と白、どっちが処女だか分かるか？」と訊く。

「分かりません」

「適当に答えろ」

「では、白」

高梨恵はわざと間違えた。素人相手ならともかく、プロの女なら誰でも知っているこれを見せてくるということは、大男は意外と世間知らずなのかも知れないと思った。彼は紙人形の股に、後ろから煙草の火を突っ込んだ。銀色の紙人形の方は「いやいや」と言わんばかりに股を閉じ、白の方は「もっとして」と言うように股を全開にする。あちこちの店で、高梨恵はこの芸を何度も見てきた。

「凄いですね」彼女は言った。

「面白いか？」

「はい」

「なら笑え」

彼女は口角を上げた。すると大男は突然、煙草を銜えたままトイレに立った。半開きのままのトイレの扉から、太い放尿の音が聞こえた。

鎌田マネージャーはカウンターの奥にいて姿が見えず、電話しているようで「今日はもう来なくていい」という声が聞こえた。相手はきっとマライアだろう。ユキンポはいつもの調子で接客している。高梨恵は大男の財布の上に積まれた釣り銭の四百四十円を摘まんで持ち上げると、財布を開いた。カードポケットの中には身分証や、バスの回数券、キャッシュカードなどが入っていた。英語表記のカードが一枚あり、ＣＦとＰａｓｓという文字が読み取れた。早くもトイレの水が流れる音が聞こえてくる。彼女は咄嗟にそのカードと、バスの回数券とを引き抜いて財布を閉じた。見ると大男が、お辞儀するようにしてドア枠を潜ってトイレから出てくるところである。彼女は立ち上がるタイミングで財布の上に釣り銭を置いたが、八枚の硬貨を元通りに積み上げられた気はしなかった。大男は駆け寄ってきた高梨恵に向かって手を伸ばし掛けたが、彼女がお絞りを持っていないのを見て訝しげな顔をしながら椅子にどっかと腰を下ろした。彼女は急いでカウンターまで行き、タオルウォーマーから新しいお絞りを一本引き抜いて席に戻った。

大男は財布に小銭を戻していた。そして彼女が差し出したお絞りには見向きもせずに「勘定」と言ったその顔はどこか怒っているようで、高梨恵の心胆を寒からしめた。

十七〈野崎道太郎〉

家に戻ると、野崎道太郎は深夜の風呂に浸かった。
あれやこれやのことが、一挙に頭の中を駆け巡る。

玄関に彼を迎えた浩子の顔は、いつもより上気しているように見えた。それは、彼がいつもより一時間早く帰宅したことと明らかに無関係ではないと思われた。それは、するど、家の中のどこかにまだ平野明が隠れているのではないかという疑念が湧いて、翔がいるのにそれはあり得ないと分かりつつ、そう言えば家の傍の路上に停めてあった車は平野明の自家用車に似ていたとか、今聞こえた物音はクローゼットに隠れていた平野明が出て行く音ではないかなどと勘繰られて急に動悸が激しくなり、このままではいずれ鼓動がドラムロールのように加速して心臓が破裂してしまうような気がした。何としてでも決着をつけなければならない。ＣＦ勤務があと何年延びようと構うものか、と彼は思った。

野崎道太郎にとって、嫉妬は最も深刻な宿痾（しゅくあ）であった。それは一旦火が点くと理性によってコントロールすることは不可能で、周囲を破壊しながら行き着くところまで行くしかない。

浩子と平野明の問題に比べれば、「キンセンカ」の貧乏女の盗癖などは物の数に入らなかった。あの女がスパイの真似事をしたのだとしても、カード一枚とバスの回数券では何ほどのこともなかった。三十八階の作業場に入るのに必要なのは虹彩認証であって、カードなどではない。

どの道あの女は何をやっても成功は覚束ないだろう。

必ず貧乏籤（くじ）を引き当てる、そんな人間がいるものだと、彼は他人事のように思った。

十八〈宝月誠仁〉

「久し振りにこの店のコンフィ・ド・カナールを頂きました」

山口邦武（やまぐちくにたけ）は満足げにそう言うと、ナプキンで唇を押さえながら小さくゲップした。

「数あるフランス料理店の中でも、ここのコンフィとテリーヌは絶品なのです」

ＣＦ広報戦略会議室長の宝月誠仁は微笑（ほほえ）んだ。

彼らは、ＣＦ本社の敷地内の東乃真苑のフランス料理レストラン「la neutralisation」（ラ・ヌートゥラリザシオン　中和）の窓際のテーブルで向かい合っていた。

元外務省事務次官で駐米大使や駐C国大使を務めた経験を持つ山口邦武は、七十四歳の今も各国政府や国際企業と太いパイプで繋がる要人である。

「ところで、先生のお陰で来月アナハイムに米国で六番目の社屋を建てることが出来ました」

「ほう。それは良かったですね」

「はい。全ては先生のお力添えの賜物で御座います。つきましては後ほどまた、些少（さしょう）では御座いますが御礼をば」

「ほっほっ」

そこへ、ワゴンに乗せたフロマージュが運ばれてきた。二人は夫々に好みのチーズを選び、ワインを楽しんだ。

「la neutralisation」は東乃真苑の中央部の小高い丘の上に位置し、窓外には黒いキャンバスに色とりどりの絵の具を散らしたような大都会の夜景が広がっている。

その夜景を背景にして、山口邦武はゆっくり噛み、ゆっくり飲んでいる。その様子を眺めながら、宝月誠仁はこの老人が美食家で且つ健啖家（けんたんか）であること、そして金に執着のあることを嬉しく思った。利用したいと思う権力者の中には、妙な具合に年を取って物欲、色欲、食欲といった一切の欲を涸らしてしまう者がいる。そういう手合いにはどんな餌も通用せず、ちょっとした物言いが逆鱗に触れたりして面倒でしょうがない。そこへいくと山口邦武は色の方こそもうさっぱりらしかったが物欲と食欲は旺盛で、偏屈な世捨て人の老人連中に比べると遥かに操縦し易い相手だった。叙勲の栄に浴した人間といえども、一皮剝けば食べて出す一本の管に過ぎない。

宝月誠仁は自分の経歴を秘匿していたが、最終学歴は工業高校であった。しかしどんなエリートを前にしても一歩も怯まない胆力と教養を独力で身に付け、こうして東大出の元高級官僚に高級フランス料理を振る舞いながら、一定程度こちらの意のままに操ることが出来ている自分に密かな満足を覚えた。

しかしこの老人にも、頑固な部分はあった。

「先生、C国の方もどうか宜しくお願い致します」宝月誠仁は禿頭を下げた。

しかし山口邦武は即答せず、窓外のCFの煙突の光へと視線をふっと遊ばせてから「そっちの方はね、ちょっと幾つか厄介事がありますからね」と言った。

「そこを先生のお力で何卒一つ」

「うん、そうだねえ」

山口邦武は曖昧に答えた。

CFは中央アジア進出の足掛かりとして、C国進出を狙っている。

C国にはCFの技術を必要とする事情があり、当初商談は容易だろうと思われた。

C国の南西部には、古くからアリートという民族が独自の文化圏を形成していた。十八世紀後半、アリート人居住地はC国に武力によって併合される。しかしアリート人は独立心が強く、その後度々独立を試みてはC国との交戦を繰り返してきた。特に二〇一四年八月、アリート独立派によるテロ事件をきっかけに生じた「アリート厳冬の暴乱」は最大規模の衝突となり、双方共に多数の犠牲者が出た。C国はこの時以降、アリート人を地図上から消すことを国家の最重要課題に位置付ける。数年後に国内で開催されることになっている「万国IT科学博覧会」までに治安問題を一掃すべく、C国は現在「アリート人問題の最終解決」の一刻も早い達成に躍起になっていた。その「達成」はアリート人集団の絶滅を意味した。C国軍部と治安維持機関によって恐ろしい速度で秘密裏に進行しているアリート人の逮捕、強制労働、殺戮（さつりく）、洗脳、誘拐、臓器売買、拷問の様子が、複数の海外メディアによって連日報道されている。このようなC国の状況に対して諸外国の議会は「人道に対する罪」に当たるとして非難決議を採択しており、国連総会でもジェノサイドの疑いで国連の調査団の受け入れを要請しているが、C国は「全く根拠のないでっちあげだ」と猛反発している。

「四面楚歌のC国は今、喉から手が出るほど我が社の技術が欲しい筈なんですがねえ」

宝月誠仁がワイングラスを回しながらそう言うと、山口邦武は意味ありげに「まあ、そうだろうね」と笑った。

「交渉が上手くいかない理由を、先生はどうお考えでしょうか？」

「そうねえ」

「矢張り、あれでしょうか？　C国の国民性でしょうか？」

「うむ」山口邦武はパンの上にロックフォール（ブルーチーズ）を乗せて口に入れ、モグモグと嚙んだ。宝月誠仁は、この爺さんの歯は入れ歯だろうか、それとも自分の歯だろうかと一瞬どうでもいいことを考えた。

「結局は、ペルト加工やクレーメル処理が目に見えない工程であるという点がネックになるんですかね」

「だな」

「矢張りそこですか」

C国民は極めて疑り深く、現実的、現世利益的で、目に見えるものでなければ一切信用しないという性質を持つ。幾ら実例を提示しても「では、責任というものを見せてみろ」と言って聞かなかった。「ペルト加工」で物質化された「責任」が肉眼で捉えられないことが、彼らの疑念を拭えない最大の要因となっているのである。同じ功利主義者でも、実際に効果があれば納得するプラグマティックなアメリカ人とは違い、C国民は「連中には、電気も磁気も紫外線も見えていないに違いない」と言われるほどの現物主義が徹底している。商談は難航した。しかしそれだけに菅原哲明社長は、C国さえ落とせば周辺国への販売実績は一気に加速する筈だという見取り図を描いており、出来るだけ早期にC国を抱き込んで大陸進出の足場とすることが至上命令となっていた。

駐C国大使を退いた今でも山口邦武のC国とのパイプは邦人中最も太く、特に副首相とは昵懇（じっこん）の仲で、それは即ちC国の国政に直接働き掛けられる可能性を意味した。ただ、C国との関係が深いだけに、山口邦武自身はCFの「商品」に対して一種の疑念を抱いている節があった。米国のような若い国ならともかく、伝統あるC国に対してはとても責任をもって出せるような代物ではないと思っているらしいのだ。しかしCFの「商品」はC国にとって間違いなく宝物となる筈の物であり、ジェノサイドという巨大な国家犯罪の責任を無に出来るならその経済効果が計り知れないことは明らかだった。経済的利得には目がなく、そのイメージに反して予想外に柔軟と言われるC国の経済プログラムに、CFのシステムを組み入れることは恐らくそう難しいことではない。「アリート人問題の最終解決」を果たしたC国政府がCFの処理方法を使って全責任を無化し、「万国IT科学博覧会」を成功に導くことが出来れば、その国際的な地位は飛躍的に高まるだろう。そしてCFも莫大な利益を手に出来るなら、まさにウィンウィンの関係ということになる。そのためにも山口邦武の助力は不可欠なのだった。

問題は山口邦武がC国を愛していることにあり、だからこそこの老人は安易に眉唾ものの商談の仲介を引き受けないのであってみれば、裏を返せばそれは彼がC国との交渉における決定的な勘所を知っているということだ、と宝月誠仁は睨んでいた。

山口邦武に本気でC国を説得させるには、どんなに高額の金や美味い料理を提供しても意味はなく、必要なのは彼の弱点に付け込むことであり、そのためにCFの調査部門を使って念入りな身元調査が継続中だった。しかしこの男、なかなか尻尾を摑ませず、スキャンダルという点でも不正という点でも限りなく白に近く、調べれば調べるほど玉葱の皮を剝くようにどんどんと中身のなさが露わになっていく種類の、詰まらないと言えば実に詰まらない人間なのだった。ただ一点、ドライブが趣味という点が宝月誠仁の注意を惹いた。車が好きなのだ。そして、彼が欲しがっている車種の調べも付いていた。

「セリグマンS500は、いかがでしょうか?」

「何ですと?」

「セリグマンです」

「それは宝月さん、ほっほっ」

「それでは早速週明けにでもご自宅に届けさせましょう」

山口邦武は一瞬真顔になった。

「それとC国の件とは、直接には結び付きませんぞ」

宝月誠仁は大きく頷いて言った。

「勿論です。これは先生のこれまでの我が社へのご協力に対する、菅原哲明社長からのほんの感謝の気持ちに過ぎませんので」

すると山口邦武は目を丸くして一層高らかに「ほっほっほっ」と笑って最高級ワインを一気に喉に流し込み、夢見る少年のような顔になって窓外に広がる星空を見上げた。その横顔を下から睨(ね)めつけるように窺いながら、宝月誠仁は口の端のフロマージュの欠片(かけら)をこっそりと舌先で舐め取る。

十九〈平野京香〉

「早くしなさい」

平野京香は綾乃を急かした。

起こしてから十五分も経っているにも拘わらず、台所に姿を現した綾乃はまだパジャマ姿で口に歯ブラシを銜えていた。

「ふーい」そう答えると綾乃はゆっくりと踵を返し、洗面所に戻った。

誰に似たのか随分とおっとりした性格の子に育ったと、京香は思った。しかし寝起きで少し浮腫んでいるとはいえ、その顔は単なる喩えではなくまさにフランス人形である。綾乃は我が子ながら、見ているだけでこちらの目が蕩けるほど魅力的な娘へと成長しつつあった。京香自身も子供の頃から可愛い可愛いと言われて育ってきたが、綾乃は確実に自分の上をいっている。少しきつめの大きな目は、笑っても怒っても泣いても真剣に何かを見詰めても目を逸らしてもおどけて寄り目をしても、誰にも真似できない独特の輝きを放った。この春に小学校四年になってから、時にドキッとするほど妖艶な表情を浮かべることがある。かと思うと、次の瞬間には赤ちゃんのように無邪気に笑ったりして見ていて堪らないものがあった。そんなことを思いながら、京香はトースターからパンを取り出して皿に移した。その時彼女はハッとして、一人吹き出した。ただ一つの欠点は、眠っている時だ！　綾乃は目を開けて眠る。あれを見たら、どんな男の恋心も一瞬で冷めてしまうに違いない！

「それ、どうするの？」

「真子(まこ)ちゃんに上げるの」

登校の準備を整えて台所に入ってきた綾乃が朝食のテーブルの上に置いたのは、中に珊瑚を閉じ込めたペーパーウエイトだった。確か数年前に、夫が会社の同僚から貰ってきて綾乃に上げたものである。

「上げちゃうの？」

「うん。お引越ししちゃうから」

真子ちゃんのお父さんは大手の出版社に勤務している。確かに真子ちゃんママは「きっと異動になると思う」と言っていたが、まさか年度が変わったばかりのこんな時期に引っ越すのだろうか。

「真子ちゃんちのお引越しはいつ？」

「夏休み」

「夏休みなの？　お引越しは夏休みなのに、今日上げるの？」

「うん」

「なぜ？」

　すると綾乃は、人差し指で額を支えて、ちょっと考え込むような顔になった。

「ん？」

「………」

「そんなに真剣に考えなくてもいいんじゃない？」

「うん」

「分からないのね」

「うん。分かんない」

「早く食べなさい。遅刻するわよ」

「はーい」

　綾乃は「頂きます」をしてミルクを飲み始めた。

　平野京香はこの時、どことなく綾乃が何かを気にしているように感じたが、それが何なのかは見当が付かなかった。

　綾乃を玄関の外まで送り出す。

夫の明を送り出す時間にはまだ周囲の民家の陰になっていた太陽が、この時間には屋根屋根の上に顔を出し、玄関前に立つと豊かな陽射しを体全体に浴びることが出来た。四月中頃という時期は、時々夏日になる日もあるものの寒い日もあって矢張り太陽は嬉しく、綾乃の見送りついでにちょっとした日光浴をするのが平野京香の習慣になっていた。この日は天気がよかった。綾乃が集団登校の児童達に楽しそうに合流して、皆で角の向こうへと消えて行く瞬間、こちらに向けて手を振ったのを平野京香は見届けた。そして手を大きく上げるのではなく、胸の前で小さく振り返している自分自身を顧みて、いつの間にか大人になり、人の親となっている自分に微かな恥ずかしさと誇らしさを感じた。

家の中に戻って食器を洗い、もう随分替えていない布団のシーツを外して洗濯機を回した。台所に戻ると点けっ放しにしておいたテレビのワイドショーがC国の臓器売買を特集していて、画質の悪い監視カメラの映像が映し出されている。アリート人の母娘が手を繋いで街を歩いているところに、一台の普通乗用車が乗り付ける。降りてきた男は母娘に駆け寄ると、母親の手から強引に娘を奪い取り、車に乗せて連れ去ってしまう。それはほんの数秒間の出来事で、母親は走り去った車に向かって両腕を振り上げながら絶叫し、頭を抱え込み、号泣する。傍に居合わせた青年が、正義感からかバイクで車を追い掛ける様子も映っていたが、相手はプロに違いなく、僅かの期待も持てそうにない。

平野京香はテレビの前に立ち竦んだ。

誘拐された子供は、体から臓器を摘出されて命を落とす運命にある、とナレーションが伝えている。

「その臓器は高値で売買され、権力者や大金持ちの身内の命を救う。ここにあるのは強い者が人間扱いされ、弱い者が虫ケラ扱いされている恐るべきC国の現実である」

この手の映像を見る度に、平野京香の心は怒りと悲しみで忽ち溢れ返った。だから出来るだけ見ないようにしているのだが、もし一瞬でも目にしてしまうと目が釘付けになり、決まって最後まで見ずにおれない。

そういう時、彼女は即座に自分自身を鉄の掟で縛り付けた。

それは、こういう悪い情報に心が呑み込まれてしまっている時には、絶対に綾乃のことを心の中に思い浮かべないようにするということだった。もし少しでも思い浮かべてしまえば、忽ちテレビ画面の中のアリート人の母親は自分自身に、連れ去られた娘は綾乃に置き換わってしまう。そんな場面を心の中に作ってしまうことが、彼女には耐え難かった。

心の中で繰り返し想像したことは無意識の中へと下りていき、それはやがて集合的無意識に働き掛けて他人に影響を与えて実現する、そんなことが心理学の本に書かれていた。すると最悪の場面を想定して心配し過ぎることは、最悪の場面を心の中で強く想像することと同じことになるだろう。だからもう心配し過ぎるのは止めようと、生来の心配性である彼女は、ある時そう決意した。だから夫と野崎浩子とのことも余り考えないようにしていたし、可愛過ぎる綾乃のことも出来るだけ楽観的に構えるように心掛けていた。

シーツを干し、部屋の掃除を済ませ、綾乃のスニーカーを洗った。

昼食に簡単なハムチーズサンドとレタスとプチトマトのサラダを食べ、テレビを眺めながらアールグレイを飲む。テレビは「チルネック疑獄」に関する新たな証拠（音声テープ）の存在が週刊誌にすっぱ抜かれたことを伝えていた。もしこれが本物であれば、事件は大きく動く可能性があるらしい。事件発覚以来、国会においての度々の虚偽答弁が指摘され、殆どぶら下がり取材にも応じない首相に対する国民の憤懣も再燃するだろうと、専門家が述べていた。

平野京香はアールグレイを飲み干すと二階に移動し、納戸兼書庫に使っている部屋に入って本棚を眺めた。彼女は心理学や宗教関係の本を読むのが好きで、難しくて理解が及ばない本も少なくないが、そういう本はただ眺めているだけで心が落ち着いた。

この前の日曜日に野崎浩子に話したＣＦ社長の菅原哲明の本『ゾ・カレの本質～どうしても誰かを赦せなくなった時に読む本』を彼女は抜き取った。まだ心の中に臓器売買の映像が残っていて、目を閉じると、男の片腕に抱きかかえられて車に放り込まれる瞬間の、細い両脚を投げ出した少女の姿が瞼に浮かんで心臓がドキドキした。非道なC国政府の所業がどうしても赦せない。であれば今こそこの本を再読すべき時であり、今なら前回よりも理解が深まりそうな気もした。

彼女は『ゾ・カレの本質～どうしても誰かを赦せなくなった時に読む本』を持って階下に下り、二杯目のアールグレイを注いだマグカップを持って居間のソファに腰を下ろした。読み始めると、確かに前回より一つ一つの言葉が持つ意味がリアルに胸に迫ってくる気がした。しかし、娘を失ったあの母親が犯人を赦すことが出来るとは、彼女にはとても想像出来なかった。

「もし誰かが家族に何か危害を加えてきたとしたら、その加害者を赦せる？」と彼女が訊いた時、野崎浩子は「私はちょっと、その時になってみないと分からないな」と答えた。それを聞いた時、子を持つ母親なら「赦せない」と即答するのが普通であって、この人はこんなに心の冷たい人だったろうかと彼女は訝った。

彼女は頁から視線を上げて、紅茶を啜った。

しかしそんな人だからこそ彼女の目の前で、夫の明との間に妙な空気を作ったりしても平然としていられるのではないだろうか、という気もした。明と野崎浩子は学生時代に付き合っていて、明がこちらに乗り換えた後も二人はこっそり関係を維持していたに違いない。だから平野京香は懸命に二人の関係に気付いていない振りをして、結婚によって明を野崎浩子から奪い取ったのである。

それから二十年が経ち、二人が再び関係し始めたのではないかという疑念が、特に最近、抑えても抑えても心の中で日増しに大きくなってきている。それはこの二十年の間、自分がずっと夫と野崎浩子のことを赦せずにきた結果、それが強い想念となって実を結び、再び忌々しい現実を呼び寄せてしまったのではあるまいか、と彼女は考えた。

だとすれば、この本に書かれている「ゾ・カレ」こそが今の自分に最も必要なものだと思われたが、彼らが自分たちの罪を自覚して「トリノ」しない限りそれは不可能なのであった。

平野京香はそっと本を閉じてテーブルに置き、学生時代の浩子先輩のことを思い出した。

入学したその日に硬式テニス部の誘いを受けて練習を見学しに行った時、白いスコートを翻してコートを駆け回る浩子先輩の姿を見てカッコいいと思い、すぐに入部を決めた。浩子先輩は何事にも一生懸命で、明るい性格だった。指導も親身で、体を密着させながらラケットの僅かな傾きを修正してくれたお陰で、飛躍的にリターンの精度が上がった時の嬉しさは今でもよく覚えている。尤も、この時背中に当たっていた浩子先輩の乳房の柔らかさや耳に当たる息のゾクゾク感といった皮膚記憶は、その後平野京香の嫉妬妄想を強力に燃え上がらせるガソリンの役割を果たした。

試合に負けた時は子供のように泣いたが、勝つと飛び跳ねて喜んでいたあの浩子先輩が、ゾッとするほど暗い表情を見せるようになったのはいつ頃からだろうか。

彼女はテーブルの上からマグカップを取った。

そして縁を下唇に当てたままじっと考えていたが、やがて「あ」と小さく声を上げた。

十年前、浩子先輩が最初の夫を亡くした時の葬式の光景を、彼女はこの時不意に思い出した。

その記憶を、なぜか彼女はずっと忘れていたのである。

浩子先輩は葬儀の場で夫の棺に縋り付き、号泣しながら会社や役所のことを延々と罵っていた。浩子先輩の夫の死因は、過労による自殺だった。

その時平野京香は、この前の日曜日に浩子に投げた自分の言葉の無神経さに気付いた。

「もし誰かが家族に何か危害を加えてきたとしたら、その加害者を赦せる?」

この時、野崎浩子の前夫のことは彼女の頭に全くなかった。死の事実すら、長い間忘れていたのである。心が冷たいのは野崎浩子ではなく、自分の方だったと彼女は思った。そしてなぜこんな大切なことを、長い間自分が忘れていられたのかを考えた。

マグカップの中の冷え切ったアールグレイを飲み干した時、忘れていた記憶が甦った。

あの日、葬儀が終わって会場のトイレに行った。その時、自動販売機の陰に二人の姿を見たのだ。悲しみと怒りに打ちのめされていた浩子の肩に手を回し、顔と顔とをくっ付けるようにして慰めている明の姿。その時の夫の声は、彼女が一度も耳にした覚えのない、粘着くような甘さを帯びていた。彼女はすぐにその場を離れ、非常階段を上って一つ上のフロアのトイレに飛び込むと、個室の中で息を止めて放尿した。

野崎浩子に謝りたいと彼女は思った。

しかしすぐに、どうして自分が謝らなければならないのか分からなくなった。謝るのは寧ろ野崎浩子の方ではないのか。

平野京香はソファの上に体を横たえた。

目を閉じると頭の中に二人の姿が浮かんできたので、慌てて払い除ける。しかし暫くすると瞼の裏の靄のようなものが次第に形を成し、再び淫靡な二人の姿が浮かび上がってきた。頭の中の妄想と戦っている内に気だるい眠気に襲われ、あくびを一つすると体がソファに沈み込んでいくようで、腕も脚も鉄のように重くなった。

数分間、意識が消えた。

ハッと目を覚まし、彼女は爆弾でも見るようにテーブルの上の携帯電話を睨み付けた。

何か途轍もない夢を見ていた気がしたが、全く思い出せない。

「鳴る」と思った瞬間テーブルの上で携帯電話が震え出し、ゆっくりと回転した。

彼女はソファから飛び起きてそれを摑み、通話ボタンを押した。

電話の内容は、すぐには理解出来なかった。

「事故」

「下校中」

「横断歩道」

「車」

「平野綾乃」

「心肺停止」

「V病院」

言葉はどれもバラバラで、なかなか一繋がりの意味を成さなかった。と言うよりも寧ろ、恐ろしい事故の全体像が今にもその輪郭を結ぼうとする度に、それを破壊して意味を粉々にしている自分がいた。

やがて彼女は怒り出し、電話の相手に罵声を浴びせ始めた。

その罵声は、殆ど叫び声に近い。

二十〈野崎道太郎〉

野崎道太郎は葬儀の間中、平野明に注がれる浩子の視線を仔細にチェックしていた。浩子は一見、平野京香の方を案じているように見えた。親族席にいる平野京香は夫の挨拶や弔電にいちいち反応し、取り乱し、何度も気を失い掛け、その度に夫や親族に体を支えられていた。恐らく何日も寝ていないのだろう。浩子はその様子を見て、何度もハンカチで目や鼻を押さえている。そんな妻の様子を窺う野崎道太郎の顔には、こんなのは全て茶番だと言わんばかりの強い猜疑（さいぎ）の影が差していた。

平野綾乃の葬儀には小学校の同級生や教員も大勢参加していて、一人が泣くと釣られて大勢が啜り泣きを始め、中には感情が高ぶったのか叫び出す子供もいた。平野綾乃は、水曜日の、いつもより早い時間の集団下校の列の真ん中辺りを歩いていた。七十四歳の老人が運転する車がその列に突っ込んでくると分かった時、彼女は咄嗟に隣にいた同級生の桂木（かつらぎ）真子を突き飛ばして、他の児童二名と共に撥（は）ね飛ばされた。そして運悪く彼女だけが、車とブロック塀の間にその小さな胸を押し潰されて即死したのである。

車を運転していた老人も軽傷を負い、持病もあって今も入院加療中ということで、葬儀には秘書を名乗る二名の初老の男が参列していた。その二人が焼香のために前に進み出た時、彼らに向かって平野京香が「綾乃を返せ！」と怒鳴って何かを投げ付けようとしたのを、夫の平野明が咄嗟に抱き留めた。その時、平野京香の手の中からガラス製のペーパーウエイトが床に落ちて転がった。それは、綾乃が最後まで手の中に握り締めていたものだった。平野明がそれを拾って、首を横に振りながら京香の手の中に押し込んだ。京香は震える手でそれを受け取り、両手に包み込んで肩を震わせていたが、ふと再び顔を上げて秘書の方を見た。するとその顔が見る間に歪み始め、浩子がその顔を見てか細い声を上げた。と、平野京香は持っていたペーパーウエイトをあっという間に口の中に入れると、物凄い顔になって苦しみ始めた。平野明が異変に気付いて妻の口の中に指を突っ込もうとしたが、彼女は手足をばたつかせて抵抗した。親族達に押さえ付けられた平野京香が、パイプ椅子から転がり落ちる。

「京香、吐き出せ！」

「鼻を摘め！」

「京香ちゃん！　何をしているの！」

平野京香の足からローヒールが飛んで、黒いストッキングの足裏が見えた。ストッキングの縫い目が縒れて足裏の中心線からズレているのを見た時、野崎道太郎は目を見開いて思わず舌舐めずりをした。隣の席の浩子は胃の辺りをヒクヒクさせて泣いていて、その向こうに座っている翔は真っ直ぐに遺影を凝視しながら半ば放心しているように見えた。

これ以上京香を刺激されては困るということで、二人の秘書は親族達に促されて葬儀会場から早々に立ち去った。

やがて平野京香はペーパーウエイトを口から吐き出すと、今度は会場全体に響き渡るような声を上げて慟哭（どうこく）し始めた。その獣のような声を怖がって、女の子を中心に泣き出す児童が次々に出て、彼女は親族の手で控え室へと移動させられた。会場は異様な空気に包まれたが、そんな中で野崎道太郎は、浩子と平野明が熱い視線を交わし合った回数を指を折って数えていた。

二十一〈野崎翔〉

野崎翔は涙ひとつ零さずに、葬儀会場の中で起こっていることを非現実的な悪夢のように感じながら、為す術もなくただ岩のように固まっていた。十年前に父親を亡くした時、彼は四歳の子供だった。その時も今のように圧倒的な空気に呑まれてしまい、心が動かなくなった。しかし中学二年生になった今は、この凍り付いて動かない心の中にも小さな火種のようなものが宿っていて、それが次第に成長して、厚い氷の塊を内側から溶かしていくような感覚を覚えていた。

彼は平野綾乃の遺影を凝視しながら、ひたすら自分の心の動きに神経を集中させた。

それ以外に出来ることはなかった。

遺影の中の彼女は、彼が見たことのある服を着ていた。

平野綾乃は車が突っ込んできた時、親友の桂木真子を突き飛ばして守ったという。

平野京香はとても話せる状態ではなく、綾乃に命を救われた形の桂木真子の両親は、父親の平野明に向かって何度も繰り返し頭を下げていた。突然、級友一人の命を背負わされた桂木真子は、その事実の重さを受け止めきれずに半ば放心していたが、その精神状態は野崎翔にはよく理解出来た。許容範囲を超えた現実に直面すると、人は桂木真子のように無反応になるか、平野京香のように取り乱すかのどちらかしかない。今の野崎翔は前者で、一時的に感情の動きがフリーズしていた。しかし徐々に心が動き始めているのが分かる。心が十全に動き出してしまうと却ってまずいことになるのではないかと、彼は恐れていた。凍て付いた心の中の火種は爆弾のようなもので、心の鎧が取り除かれると自分も平野京香のように暴れ出してしまう気がした。

　彼は、隣の母と、その向こうに座っている野崎道太郎をチラッと見た。

　母はずっと泣き続けていて、野崎道太郎は険悪な表情を浮かべながら目玉をギョロギョロさせている。哀しみに包まれたこの会場の中で、この男だけが唯一どこか違うオーラを放っていた。それは何もこの場に限ったことではなく、野崎道太郎は家でも、そして恐らくこの社会のどこにいても、その場の空気に全く染まらない独特の不潔な空気をずっと身に纏っているしかない生来の外れ者なのだろうと思われた。

　母とこの男との結婚を、当時小学校六年だった野崎翔は喜んだ。野崎道太郎は今よりずっと優しく、そして普通の暮らしを運んできてくれた恩人だと思った。小六のクリスマスには、サンタクロースの格好をしてプレゼントをくれたことがとても嬉しかった。しかしやがて野崎道太郎は体の不調をこぼすようになり、そのせいか子供の相手も面倒臭くなってきたようだった。野崎翔も中学生になると、この男の放つ、酒と煙草と汗に加えてどこか甘ったるいような独特の臭いに我慢ならなくなった。こっちが嫌うと向こうもこっちを嫌いになり、最近では互いに殆ど言葉を交わさなくなっている。母に対してもここ最近目立って当たりがきつく、猜疑に満ちた目を向けているような気がした。本当に体調が悪いのなら、もうそろそろ病気で死んでくれないかと野崎翔は時々本気でそう思うことがある。生命保険に入っているらしいから、そうなっても母子が当面の生活費に困ることはない。

長かった焼香が終わりに近付いていた。

野崎翔は、平野一家が訪ねて来た日曜日のことを思い返した。

「何がしたい?」

「ゲーム」

「前にやったやつやろうか?」

「うん」

そのゲームは第三次世界大戦後の廃墟世界を旅するロールプレイングゲームで、放射能で異形化したモンスターが壊れたビルや廃棄された車の中から次々に襲い掛かってきて、それを撃ち殺しながら安全地帯に辿り着くというものだった。

二人は戦友同士で、互いに協力し合いながら進んだ。

一つのパソコン画面に頭を寄せていると、綾乃の不思議な体臭が時折プンと漂ってきた。それは乳臭さのような、シャンプーのフレグランスのような、男が全く持ち合わせていない種類の匂いだった。ゲームが白熱してくると、互いの体を二の腕で押し合ったり、綾乃の頭が胸の中に突然倒れ込んだりして、その匂いは一層鼻腔を刺激した。

そして何より野崎翔の心に印象付いたのは、彼がモンスターにやられそうな場面になると必ず綾乃が助けに入ってこようとすることだった。それによって彼女は高い確率で死んだが、残念そうな表情を浮かべはするものの終始ニコニコして、生き残った野崎翔がその後も一人で戦い、かなりいいポイントまで行ったりすると、彼女はそれを自分のことのように喜ぶのだった。

中学校のクラスの女子にどこか冷たくあしらわれている野崎翔の目にそんな綾

乃の姿は、自分より幼い姉のように映った。こんな女子は、学校中探してもどこにもいない。

ふと見ると、机の上に身を乗り出してパソコン画面を覗き込む綾乃の小さな背中が、彼の目の前にあった。暑いからと、赤いカーディガンを脱いだ彼女の小学四年になったばかりの肉体。それが、ピンク色の薄手のワンピースの中で微妙に蠢(うごめ)いているのを見て、野崎翔は今この瞬間の綾乃を昆虫標本用のピンで突き刺して永久保存してしまいたいと思った。

確か彼が小学四年生の時に、台所で、母がキャベツの芯に爪楊枝を二、三本突き刺していたことがあった。

「何してるの？」

「こうすると成長が止まって長持ちするのよ」

「どうして？」

「ここにある成長点が爪楊枝で、えっと……」

「死ぬ？」

「……、そういうことね」

まだ貧しく、キャベツ一個がとても貴重な時代だった。

そんな成長点が綾乃にもあるのなら、彼は迷わずそこにピンを突き刺しただろう。たとえそれで綾乃が死ぬことになっても、モンスターになってしまうよりはずっとましなのではないだろうか。


ハッとして我に返ると、親族に付き添われて平野京香が席に戻るところだった。野崎翔は、憔悴し切ったその顔から思わず目を逸らした。それが殊更に、十年前から幾度も見てきた母の顔に似ていたからである。母も、父の死によって何日間も錯乱状態に陥った。

ある冬の深夜に、母に強く手を引かれて橋の上に連れて行かれた。母は長い間橋の上から川の水面を見詰めていたが、やがて意を決したように息子の手を力強く引っ張った。野崎翔は子供心に母によって殺されるのだと分かり、懸命に抵抗した。

悲しい揉み合いの時間が過ぎ、力尽きた母が言った。

「帰ろうか？　翔」

彼は寒さに震えながら何度も頷いた。

あるいはこの時の母もまた、今のように反抗的になる前の可愛らしい息子を、幼い子供の状態のまま永遠の標本にしようと思ったのかも知れなかった。

導師が退場し、お別れの儀に移った。

葬儀社の社員がお供えの花を集めて、棺の周りに集まった人々に手渡していく。翔も親と一緒に席を立ち、ユリやカーネーションの束を受け取った。死んだ人を美化する司会のナレーションが最高潮に達し、あちこちから啜り泣きが漏れたが、心はまだ動かなかった。

棺の中の綾乃の顔を覗き込んだ同級生達が、次々に声を上げて泣き始めた。彼らの無垢な泣き顔を眺めていた時、蛇がとぐろを巻くように心の中で何かが動いたのを野崎翔は感じた。綾乃の顔を見た瞬間に悲しみが噴き出し、自分を抑えられなくなってしまうのではないかと思って暫く逡巡していたが、母に「さあ、翔」と促されて棺の中を覗き込むと、そこにいたのは紛れもなく綾乃の顔をしてはいるが全く別の何者かであり、彼の心は再び凍り付いた。

献花が終わりに近付くにつれて再び平野京香が不安定になって唸り声のような

ものを上げ始めたので、平野明は妻を抱き締めて宥（なだ）め続けねばならず、司会が喪主の挨拶を省略させて頂く旨を告げ、その上で閉式の辞を述べた。その背後にずっと平野京香の悲しい声が聞こえていて、それが一層会葬者の涙を誘った。

いよいよ出棺となり、綾乃は霊柩車に乗せられて家族、親族に伴われ、長いクラクションの音と共に葬儀場を後にした。合掌して頭を下げながら皆がそれを見送った。野崎翔は、傍にいた綾乃の学校の教員らしき二人の女性が「教員をしていて、こんなに辛いことってある？」「本当。一番……辛いことよ」と言いながらさめざめと泣いているのを見た。

それから三日が経ち、野崎翔は学校からの帰宅後、自室で何気なくネットサーフィンをしていた。天気は曇りで、今日も特にこれと言って面白いこともないまま日が暮れて、晩御飯を食べ、風呂に入り、寝るだけの一日だと思いながら、CFに関するSNSの書き込みに目を通し、推しメンのアイドルの動画を見た。そのアイドルは今は大人びてすっかり詰まらなくなってしまったが、昔のまだ子供の頃の映像は無邪気で天真爛漫で実に愛らしかった。彼は台所の水屋から部屋に持ってきていたおやつのゼリービーンズを口に入れ、その推しメンのダンス動画を見ながら、菓子表面の糖衣を長いこと舐めてすっかり溶かしてしまっていた。

そして味がしなくなった。

その瞬間、パソコンの画面の中のアイドルが突然綾乃の顔にすげ替わったかと思うと、全身が震え始めた。そして彼の顔は突然くしゃくしゃになり、涙が溢れ出てきた。彼は、綾乃の足指の腹に似た滑らかな舌触りのゼリービーンズを口に含んだまましゃくり上げた。十四年しか生きていなかったが、この先何十年生きようとも綾乃の代わりは絶対に現れないと、彼はこの時確信した。

綾乃を返せ、と思った。

野崎翔は机上にあった鉛筆削りを摑んで、部屋のフローリングの床に向かって投げ付けた。大きな音がして、階下から「翔っ！」という母の怒声が聞こえたが、彼は構わず大声で獣のように咆哮(ほうこう)した。

二十二〈高梨恵〉

「キンセンカ」でマライアと二人同じボックス席に入ると、ユキンポのように気を遣ってくれることが全くない分、マライアと客とが結託して高梨恵を除け者にする構図が生まれ易かった。三人という小集団は、二人が結んで他の一人を排除する構図が最も安定するのである。

　この夜はのっけから、高梨恵が自己紹介する間もなく、何に似ているかという話題になった。初めて来たという客の若い男は、森嶋由紀夫とは別の意味で目の焦点が合っておらず、どこか人間性に乏しいように思えた。

「こいつは、紙魚（しみ）にクリソツだな」若い男は、明らかに年上の高梨恵を「こいつ」呼ばわりしてそう言った。

「シミって何？」マライアが訊いた。

「本の中にいる虫だよ」

「どんな虫なの？」

「銀色の、これぐらいの奴」若者は指で一センチほどの幅を作る。

マライアはピンとこない顔をした。

「本の上を魚のように素早く移動する奴だ。知らないのか。指で撫でるだけで簡単に潰れる弱っちい虫だ」

「何か嫌な感じね」

「潰すと銀色の粉になっちまうんだぜ」

「何それ。蛾みたいな感じ？」

「全然違うけどな、まあそんな感じだ。しかも寿命は七年だ」

「やだー」

そんな遣り取りを、高梨恵は黙って聞いていた。古本屋から買ってきた本の中にたまにいるあの虫はシミというのか、と思う。気持ち悪い、弱い、しかし寿命が異様に長い。自分はそんなイメージなのかと思った。しかし彼女自身は特にシミが嫌いというわけではなかった。布団の上にいるのを見たことがあるが人を噛んだりする虫ではなさそうで、確かに形は魚に似ていたと思い出す。

「あんた、森嶋由紀夫の女なんだろ？」

マライアが席を立った隙に、若い男は高梨恵に酒臭い息を吹き掛けながら訊いてきた。

「はい。まあ……」高梨恵は驚いて、健康的とは言えない男の顔を見返した。

「もっといい女が幾らでもいるだろうが、森嶋さんよぉっ！」

男は天井に向かってそう言うと、ウイスキーを呷った。

ということは、この若者は森嶋由紀夫の仲間なのか。

「あんた、あのでっかいおっさんからカードとバスの回数券をくすねたんだって？」

「…………」

「あんた、森嶋さんに惚れてんのか？」

そう言うと彼は酔った客が誰でもそうするように、高梨恵の太腿を擦り始めた。

「何だ、ガリガリじゃねえかよ」

「…………」

「もっといい物食わして貰えよな！」

「…………」

以前に「アカシア」の客のバーコード頭に言われた「骨みたいな脚だな」という言葉が耳の中に甦った。高梨恵は考えた。女に対する男の評価基準は恐らく全人類的に遺伝子レベルで決まっていて、その基準から外れた自分のような女は、どんなに精一杯男に尽くしても所詮は浮かばれないのだ。そんな身でありながら、一定以上のレベルの女を期待してやってくる男達相手のこんな商売をしているから余計に、毎度毎度傷付かなければならないのである。そのことが分かっていながら、ずっとこの仕事を続けてきたのはなぜなのだろうか。普通は自分のような地味女は真っ赤なパンプスなどを履いて客の接待などをすべきではないのだ。誰が見ても場違いな場所にいるから、一見の客にも悉く馬鹿にされるのである。クルクルと相手が替わる仕事場に身を置いていればいつか自分を認めてくれる男が現れるだろう、そんな儚い希望などとうの昔に捨てた筈だった。しかしその夢が捨てられていなかったからこそ、うかうかと森嶋由紀夫の甘言に乗せられ、その気になって、いつの間にかこうして爆弾テロ集団の仲間入りをさせられているのではないのか。

マライアはこの若い男が嫌なのか、カウンターに尻を据えてなかなか戻って来なかった。

彼は、何かに急かされるように酒を飲んだ。高梨恵が作るオンザロックを次から次に空けていき、意識が飛ぶのか瞬きしながら時々白目を剝いた。

「あいつは馬鹿だぜ」

あいつとは、森嶋由紀夫のことらしい。

「何が無血テロだ」

本気で爆弾テロを計画しているメンバーが、場末のクラブでこんな話を簡単に口にする筈がない。高梨恵はこれは何かの罠だと直感した。たとえば森嶋由紀夫がこの男を使って、彼女の忠誠心をテストしているのかも知れない。

「あの男はよ」

若い男は彼女の耳に口を寄せて、囁いた。

「猫好きなんだ」

「…………」

「だから猫を殺して工場の周りに放り投げておいたらよ、烈火のごとく怒りやがってよ」

「どうして工場の周りに猫の屍骸を放り投げておくんですか?」

「アジトに一般人を近付けない演出に、ウイッ、決まってんだろ」

「………」

「しかしだ。じゃあなぜ犬とかイタチなら平気なんだよって話になるじゃねえか。そうだろ?」

「はい」森嶋由紀夫が猫好きだという話は、聞いたことがなかった。

「何が命だよ」

「………」

「何が無血テロだ。バカじゃねえのかあいつは」

男はスルメを一本手に取ると、マヨネーズをたっぷり付けた。

森嶋由紀夫はこの爆弾テロが、工員や社員が全て退社した後に三十八階の「心臓部」だけを爆破する「象徴的な破壊」だと言っていた。犠牲者は一人も出さないと。すると若い男は彼女の心の声に応えるかのように「そんな甘っちょろいテロに、どんな効果があるってんだ」と言った。

「心理的な効果とかでしょうか?」

高梨恵は目をぱちぱちさせながら、森嶋由紀夫の言葉を思い出しながらそう言ってみた。

すると若い男は、手に持ったスルメをビュンと振った。

「そんなクソみたいな効果、あるわけないだろうが」

その拍子にスルメの先に付いていたマヨネーズが飛んで、高梨恵のお腹の上に落ちた。すると男がスルメを口に入れるや、突然倒れ込んできた。彼女のお腹に顔を押し付けて、盛んに息を吸うような音を立てている。一瞬泣き出したのかと思い、彼女が反射的に後頭部に手を添えようとした瞬間、男はがばと上体を起こし、唇の周りに付いたマヨネーズを舐めた。マヨネーズの油染みが付いたドレスは、古着屋で七百円だった。お絞りで染みを叩いていると、男はウイスキーの瓶に口を付けてラッパ飲みし始めた。視線を感じて振り向くと、鎌田マネージャーがじっとこちらを見て首を横に振っている。

「そんな飲み方は駄目ですよ。ちゃんと作りますから」

「手癖が悪いところを、あんたは買われたのか?」

男はすっかり出来上がりつつあった。

「分かりません」

「けっ」

男の口の端から涎が垂れている。その時高梨恵はふと、これほど泥酔していればこの若い男はどんな秘密でも喋るのではないかと考えた。森嶋由紀夫も知らないようなことを、今なら聞き出せるかも知れない。ひょっとすると、それが森嶋由紀夫の狙いなのではなかろうか。新しい仲間の女の存在を告げると、この若い男は間違いなく興味本位でこの店に来る。そこで、酒癖の悪さを利用して彼から何らかの情報を引き出すこと、それが自分に与えられた暗黙のミッションのような気がした。信頼出来ない仲間の本心を探り出すことが出来れば、森嶋由紀夫は喜び、頭の一つも撫でてくれるかも知れない。

高梨恵は、薄い水割りを作って男に手渡した。

「無血テロが駄目なら、どうすればいいんですか？」

「何が？」

「無血テロの代わりに、何かしようとしてるんですか？」

「誰が？」

「あなたが」

男は水割りを飲んだ。

「このマッさんが、か？」

「どうもどうも、ウイッ、こちらはマツマエキヨカズです」彼はそう言って高梨恵に頭を下げた。

「私はメグです」彼女も頭を下げた。

「乾杯」

「乾杯」

それからマツマエキヨカズは微に入り細を穿って、一頻り犬殺しの話をした。

高梨恵は動物を飼ったことがなかったが、野良犬を殺す話にはゾッとした。人間性に乏しいという最初の印象は間違っていなかった。この男ならば人間も殺すかも知れない。

「で、こんな風に仲間を殺されると、ウイッ、こっちに対する犬畜生どもの出方も変わってくんのよな」

「どんな風にですか？」

「つまり、怖がって、行動を変えるってことだよ、ウイッ」

マツマエキヨカズのしゃっくりとあくびの回数が増えてきて、これ以上大した話も聞き出せそうになかった。マライアはとっくに新しい客を接客していて、高梨恵はいつもの寂寥感に包まれ始めた。

ボックス席は海に漂う浮島のようなもので、風に流されて他の島からどんどん離れていく。孤立したこの島の中で、一緒にいるのは見知らぬ酔っ払いが一人だけ。彼女はどうしたらいいのか分からなくなった。

「大男」

不意にマツマエキヨカズが言った。

「何ですか？」

「大男のバスを爆破するのら」

「いつですか？」

しかしマツマエキヨカズは、そのままテーブルの上に突っ伏してしまった。

「いつですか？」高梨恵は彼の耳元に口を近付け、もう一度訊いた。

「何が？　ウップ」

「バスの爆破はいつですか？」

「#○：$！ж＞£ー‥＝」

彼が鼾（いびき）をかき始めると、いつの間にか傍に鎌田マネージャーが立っていた。

「潰れるまで飲ましては駄目だよ」

「済みません」

「暫く放っておこう。アイスと空いた皿、下げてくれる？」

「あの、マネージャー」

「何？」

「このお客さんのこと、知ってました？」

「いいや」

「知らない人ですか？」

「そうだよ」

「本当に」

「ああ」

マツマエキヨカズの口から漏れてくる途切れ途切れの言葉を繋ぎ合わせると、「今度こそ死んでやる」になった。自爆するつもりらしい。高梨恵はアイスペールと皿を持って立ち上がると、テーブルに突っ伏した彼の左巻きの旋毛(つむじ)を繁々と見た。

「マツマエっていう人がお店に来たわ」

「松前清和か。何か言うとったか?」

「犬の屍骸の話とかしてたわ」

「さよか」

森嶋由紀夫はこの日は珍しく、高梨恵の横に添い寝してくれている。来た時から、どこか緊張しているような雰囲気を纏っていた。

「計画は進んでるの?」と訊いてみる。

「おう」

「私も仲間なのよね」

「いや、お前は関係ない」

「でもマツマエさんは私を知ってたわ」

　すると森嶋由紀夫は黙った。

「捕まったら、あの人は私の名前を言うんじゃない？」

「仲間を売ることはない」

「信用してるの？」

「俺は信じられへん相手とは組まん主義や」

　もしその時彼の手が彼女の頭の上に置かれなかったならば、彼女はこのタイミングで重要な言葉を口にしたかも知れなかったが、しかしその言葉は彼の指が髪を掻き分けて地肌に触れた途端に雲散霧消した。

　アパートの窓外が、茜色（あかねいろ）に染まり始めた。

　ほんの数秒間高梨恵は眠っていたが、森嶋由紀夫の体の動きで目が覚めた。

「出来たんや」森嶋由紀夫が言った。

「何が？」

「爆弾や」

　その時、夕陽をまともに浴びた窓ガラスが炎のように色付くのを彼女は見た。

二十三〈松前清和〉

送迎バスの運転手は、回数券はもとより乗降者の顔もろくに見なかった。

その日の朝、「キンセンカ」に近い車道脇に立っていると、少し離れた場所にいた工員風の男の傍に送迎バスが停車したので、松前清和はそこまで走って行ってその男の後に随いて乗り込んだ。そして回数券を料金箱に入れて後ろへと移動し、既に乗車して難しい顔で窓外を見ている大男の斜め後ろの席に腰を下ろした。

監視カメラで撮影されている可能性もあったが、派遣会社から派遣された植木の刈り込み要員が社員専用の送迎バスに乗っていたとしても、それほど大きな問題にはならないに違いない。実際、派遣社員の中には他のバスに無賃で乗っている者も何人かいるが、今まで一度もトラブルになったことはなかった。しかも敷地内への人の出入りについてCFはそれほど厳格ではなく、一部は近隣住民の散歩コースに開放されていて、そのコースから植え込みを潜り抜けるだけでどの建物にも接近可能だった。

何度かバイクで跡を尾けてバス停の位置はほぼ特定出来ていて、それを図示した簡易地図に、どのバス停から何人乗ってくるか数字を記録していく。最終的にこのバスの乗客は三十人ほどになる筈だったが、シフトや休暇の関係もあって毎日多少の増減があった。そのちょっとした差が、助かる命と助からない命とを分けるのだと彼は思った。

現在十八人いる乗客は、一見して社員風の男と工員風の男に分かれる。服装ではなく、人相と雰囲気にどことなく差があった。しかしそれはあくまで目安に過ぎず、松前清和が間違いなく工員だと分かるのは、三十八階のエレベーターを乗り降りしているのが遠目からもはっきりと分かる大男一人に限られていた。

前夜の酒が残っていて、頭と胃が痛い。

自分が「キンセンカ」の紙魚女に何を喋ったのか、殆ど思い出せなかった。

彼はリュックの中からアンパンとパックのカフェオレを取り出して、機械的に食べ始めた。舌が麻痺していて紙粘土を泥水で流し込んでいる気がしたが、それはいつもの食事と大差なかった。食べ物を美味いと思ったことは一度もなく、朝食を摂らずにいて昼間に気絶した失敗を繰り返さないためにのみ食べている。飯を食うのは体に燃料を補給する必要があるからで、酒を飲むのは酔うためだった。彼にとって純粋な快楽があるとすれば、それは問答無用に自他の命を終わらせることだ。物心付いた時には既に馴染みの感覚になっていて、自分にその願望の理由を問うことを彼は遠い昔にやめていた。

ずっと死に場所を探してきて、漸く面白そうな舞台を見付けた気がした。

彼はバスの中を見回し、窓外を眺めた。

市民を震え上がらせるには、爆発はＣＦの敷地内ではなく街の中で起こらなければならない。無関係な人間を出来るだけ多く巻き込める場所は粗方絞り込んであり、その場所を一つ一つ目視で確認していく。大きな交差点、駅前、幼稚園や小学校の校門前、地下鉄の出口付近、商店街の出入り口といった場所がポイントだったが、時間帯によって殆ど人が集まっていない所もあり、こういうことは下見をしないと分からなかった。

「送迎バスの回数券を俺に分けて下さい」

一昨日森嶋由紀夫にそう言うと、彼はその理由を問うてきた。

「バスの中のチェック体制を探っておきたいんで」

「どうしてだ？」

「〈S〉からの指示ですよ」

作戦担当の〈S〉は、事務椅子を回して森嶋由紀夫の方に顔を向けた。

「爆弾を運び込むのに最も安全なのは送迎バスだからな。散歩コースからだと敷地内の複数の監視カメラに絶対に映り込むし、松前のバイクを使う手もあるが振動がやばい」

「ああ、振動はまじでやばい」爆弾担当の〈B〉が言った。

「爆弾はどこに隠しておくんだ？」

「ガーデニング用の道具小屋が最適ですよ」

松前清和は、爆弾は午前八時までに街のどこかで爆発してんだよと思いながら、そう答えた。

森嶋由紀夫は一瞬考えてから、いつものように小さく頷いた。この男は質問はするが自分で計画を立てる能力はなく、得意なのは観念的な理想論をぶつこととブス女を惚れさせることだけだ、と松前清和は見ていた。知ったかぶりをしているが、仲間同士のやりとりから、森嶋由紀夫がＣＦという企業についてネット情報以上のことを知らないのは明らかだった。具体的な作戦を立案する〈S〉は、建物の構造上最も効果的な爆弾の設置場所や逃走経路について何度か森嶋由紀夫に説明し、その度に「理解力がない」とぼやいている。もし森嶋由紀夫が爆弾を持って深夜に三十八階に辿り着けたとしても、的確に「心臓部」の位置を把握し、正確な位置に爆弾をセット出来るとはとても思えなかった。

「CFの最重要施設を爆破することで、『責任の無化作用』という心理的呪縛から人々の心を解き放つ」というのが森嶋由紀夫の理論の核心であり、これについては〈B〉も〈S〉も異存はないらしかったが、松前清和はその効果は非常に限定的だと感じていた。ビルの高層階での爆発など小火騒ぎにしかならない。それよりも、バスの爆破によって通行人を含めた多数の死傷者を出す方が遥かに人々を目覚めさせるに違いない。人的被害を出さないというところに自分達の清潔さを見出しているらしい三十代半ばの三人に対して、二十四歳の松前清和は強い違和感を感じていた。

観念的な理想を信じる人間は、悉く馬鹿だと思う。

窓外に、CFの建物が見えてきた。

煙突からは盛んに蒸気が立ち昇り、朝から何かが着々と準備されているのが分かる。

ＣＦが責任という抽象物を物理的存在へと変換させ、それを実際に無化しているという点に関しては、他のメンバー同様に、松前清和もいつしかこれを信じる方向に傾いていた。最初はあり得ないことだと思ったが、実際にＣＦの敷地内で植え込みの手入れをしていて、腰の痛みに耐えかねてふと立ち上がって体を伸ばしながら上を向いた時、突然目の中に飛び込んでくる余りにも巨大な建造物の威容には毎回圧倒される。こんな物を造り上げる技術とエネルギーに比べれば、責任を無化することなどこの連中には決して不可能ではない気がした。この国には、これと同様の建物が六百六十六あると言われている。莫大な資本である。こんなものを相手に、手製の爆弾一つで「心臓部」に止めを刺すなどというのは笑止千万なのだ。

そもそも責任を無化することの何が問題なのか松前清和にはよく分からなかったが、森嶋由紀夫はＣＦに関して無知であるにも拘わらず、ＣＦが絶対悪であることを理屈抜きに確信していた。

「必要なのは行動することだ」と彼は言う。

即ちCFが悪たる所以(ゆえん)は、爆弾テロを実際に行うことによって初めて明らかになると、この男は主張するのである。テロの実行こそが、CFが爆弾テロに相応しい攻撃目標たることを証明するという理屈は、松前清和には全く理解出来なかった。最初からCFを悪と決め付けておきながら、テロの実行によって初めてCFの悪の本質が露わになるというのは明らかに矛盾している。しかし森嶋由紀夫はこの点に関しては一切ぶれがなく、「これこそが知行合一だ」と主張して憚(はばか)らなかった。

CFが悪であるという森嶋由紀夫の確信そのものが間違っているのではないかと、松前清和は疑っていた。一つの事件を巡って加害者と被害者の双方が延々と苦しみ続けなければならない状況と、CFによる責任の無化によって双方が楽になるのと、どちらが良いかは明白ではないか。

「それはデマだ」と森嶋由紀夫は言う。

「何がデマなんですか?」

「楽になるのは加害者だけだ」

「しかしもし被害者が苦しみ続けるのであれば、加害者の苦しみも厳密には終わらないんじゃないすか？」

「そこを終わらせてしまうのが、ＣＦの処理システムの持つ最大の悪なのだ」

「本当すか？」

「それは行動すれば分かる」

それでは何の説明にもなっていない、と松前清和は思った。

しかしそんな理屈はどうでもよく、肝心なことはただ「確実に死ぬこと」だった。

彼が、場末の飲み屋で初めて会った時から森嶋由紀夫に惹かれるのは、自分と同じような匂い、即ち理屈を超えた衝動のようなものが、その肉体の中に渦を巻いているのを感じたからである。森嶋由紀夫の場合それは死ぬことではなく知行合一という理想の実現だったが、衝動の内実は何でもよかった。彼はただ自分と森嶋由紀夫とが、同じように何かよく分からない情動によって衝き動かされているという事実があればよかった。それによって彼の恐ろしい孤独感は、束の間だけでも癒された。二人は同じ穴の狢（むじな）だった。彼らは、〈Ｂ〉が造り上げた一個の爆弾という恒星の周りを、森嶋由紀夫は爆弾テロを、松前清和は爆死を夢見ながら公転する双子の惑星だった。そしてその恒星を、松前清和は独り占めしようとしていた。多数の死傷者が出る事態に、森嶋由紀夫は絶望するだろう。その絶望を、ＣＦに救って貰えばよいのだ。この救い難い結末こそ松前清和が待ち望むものだった。ふと松前清和は、大男のすぐ後ろの席にいた若者が肩を怒(いか)らせ、首筋に脂汗を滲ませていることに気付いた。新人なのか、かなり緊張しているらしい。松前清和は、自分と同い年ぐらいに見えるこの若者が、やがて自分と運命を共にすることになるかも知れないと考えて軽く身震いした。するとそれに反応するかのように、若者は不意に汗ばんだ首をカクッとさせた。

二十四〈北岡雄二〉

北岡雄二は、咄嗟に首を手で押さえた。

バスは殆ど揺れていない。

ＣＦで働き出してから三日目だった。

彼は三十八階の作業場の、あの異様な雰囲気が嫌で堪らなかった。私語を禁止され、長靴を履いて、先端に緩衝材の付いた棒でピンク色の溶液を黙々と攪拌する三百人の工員達が、異様な音楽が流れる中を亡者のように歩き回っている。二日間働いただけで、彼はこれが全くの茶番かも知れないという疑念を抱いた。豊崎和子が言っていたような「トリノ」とか「ゾ・カレ」といったことと、この臭い溶液の混ぜっ返しとに繋がりなどあるだろうか。もしこれが本当に、世間で「責任の分解」とか「責任の無化」とか言われている秘密処理の作業の一環だとすれば、その作業工程の単純さは驚くべきものだった。

昨日、まだ作業に不慣れで全く自分のペースを摑めていない北岡雄二は、朝、コーヒーをがぶ飲みしたのが祟って急に尿意を覚えた。人を掻き分けながらトイレに向かって溶液の中を急ぐ途中、攪拌棒の先端が、床のちょっとした出っ張りに引っ掛かった。その拍子に攪拌棒が跳ね上がり、前にいた工員の男の顔に溶液が掛かった。この溶液は人体に害はないという説明は受けていたが、もしこれが「責任」のようなものが溶け込んだ溶液なのだとすれば、そんなものが顔に掛かっていいわけがなかった。しかし十分な酸素飽和度が確保されないとの理由から、マスクの着用は許可されていないのである。

溶液をたっぷりと顔に浴びた工員は七十歳は超えていそうな老人だったが、彼は驚いたことに、自分の口の周りの溶液を長い舌で舐め回しながら北岡雄二の顔を見て笑った。その顔には「新入りか。こんなのは全部嘘っぱちだ。しかし騙されている振りをしろ。給料は破格だ。しかも犯した罪によって牢屋にぶち込まれるということもない。どういうシステムになっとるのか知らないが、この茶番に乗らない手はない。お前も俺のように、溶液を舐められるぐらいCFへの忠誠振りを示せ」と書かれている気がした。確かにCFの給料は破格で、彼が犯した罪の責任の無化に必要な金額が天引きされても尚、十分に暮らしていけるだけの金額が支払われることになっている。

金だ、と北岡雄二はトイレで放尿しながら思った。

この嘘っぱちの仕事を本当のことにしてしまうものがあるとすれば、それは金以外にない。もしこれが嘘の仕事に過ぎないとすれば、ただ棒で溶液を攪拌するだけの作業にどうしてこんなに金が支払われることがあろう。そう考えると、さっきの老人の顔には別のことが書かれていたのではないかという気がした。そこには、こう書かれていたのではなかったか。

「新入りか。お前もいずれ分かるが、この仕事は本物だ。取り返しが付かないと思われたお前の責任は、既に消えてなくなっているのだ。何年かお勤めして会社への借金を返せ。それで自由になれる。そして貯めた金で人生を立て直せ。今は臭いと感じるかも知れないが、こんなに有り難く美味い液はまたとないのだ」

彼はトイレから出て、改めて工員達を眺めた。全ての工員が、老人の二つの顔の間のどこかに位置しているように思えた。しかし更によく見ていくと、いかにも顔色が悪く、健康を害しているらしい者も少なくない。先の老人ですら、喉から上がってきた痰を何度も飲み下していた（溶液の中に唾吐きや痰吐きをした工員は即座に契約を解除されて別の場所に移送されると説明されていたが、その場所が刑務所であることは間違いなかった）。

と、信号でバスが停車し、前の席に座っている大きな男が突然咳き込み始めた。肺の最深部から搾り出すような嫌な咳だった。耳の中に「蒸気を吸ってぇ、吐く。蒸気を吸ってぇ、吐く」という、作業場の音楽と一緒に流れてくるあの機械的な声が甦った。作業中にこの声を聞くと、何としても蒸気など吸うものかという気持ちが起こってつい呼吸をセーブしてしまい、その苦しさから却って多くの蒸気を吸う羽目に陥ってしまうのが常だった。溶液から立ち昇る蒸気を全く吸わずに労働することは不可能である。こんな仕事を何年も続けていると、誰もがこの大男のような咳をするようになるのではなかろうか。作業場では確かに、あちこちからしょっちゅう咳払いが聞こえてくる。

ひょっとするとＣＦの作業場は、新種の牢獄なのではないか。ということはこの送迎バスは護送車か。

そう思った途端、またいつものチック症が現れた。

北岡雄二はその時ふと視線を感じて、首を押さえながら斜め後ろの席を振り返った。

そこには、彼と同い年ぐらいの若者が腰掛けていて、口角に笑みを湛えながら涼しげな視線を彼に注いでいた。その表情は新人の工員である彼に対して「そんなに青くなるな新入り。大丈夫、すぐに慣れるさ」と言っているように感じられ、自分にもいつかこの若者のように、クソみたいなこの労働を楽しめるようになるのだろうかと思った。そして彼はその時、もう少し日数が経って気持ちが落ち着いたらいつかこの青年に話し掛けてみようと心に決めた。青年は全くの赤の他人だったがその眼差しは慈愛に満ちて見え、まるで彼のこの先の運命を熟知しているかのような透徹した視力の持ち主のように思えたからである。

しかし三十八階の作業場では、目にしたことのない顔だった。

二十五〈野崎浩子〉

午後になって、野崎浩子が家から出てきた。

彼女はすぐ近所に買い物に行くような格好ではなく、春らしいフレンチスリーブのブラウスとミディ丈のプリーツスカートを合わせ、その上に薄手のジャケットを羽織っていた。そして、真っ白のスニーカーを前へ前へと投げ出しながら駅方面に向かって歩いて行く。

久し振りの夏日だった。

二十分ほど電車に揺られ、その間二度ほど携帯電話からメールを送信した。そして駅の改札を出た野崎浩子は、駅前の喫茶店「Wヴィジョン」に入った。そして階段を上り、二階席の奥の壁沿いの席に腰を下ろすと再びメールを送り、ホットコーヒーを注文した。

十分ほどして、彼女のテーブルに平野明が姿を現した。

「来てくれて有り難う」

「いいのよ」

野崎浩子の向かいに、彼は力なく腰を下ろした。目の下にくっきりと隈が出来ている。

「会社は?」

「ここ三日休んでるんだ」

「大変ね」

そう言われただけで平野明には込み上げてくるものがあるらしく、グッと顎を引いて押し黙った。それを見て野崎浩子が何か言い掛けた時、ウエイターが注文を訊きに来た。平野明はホットコーヒーとティラミスを頼み、野崎浩子も同じ物を追加注文した。

「ケーキの好み、変わってないのね」

「甘い物が欲しくてね」

平野明は水を一口飲んだ。

「分かるわ」

「………」

「この店、久し振りね」

「………」

「ウエイトレスがウエイターに替わったのね」

野崎浩子はそう言いながら、平野明の視線がゆっくりと下がっていき、最終的にテーブルの上に落ちていたほんの小さな一粒のコーヒーシュガーに止まって動かなくなるのを見た。彼の右手は水のグラスをずっと摑んだままテーブルの上に置かれていて、テーブルの下にある左手は彼女からは見えなかった。

髪の毛は恐らくこの数日洗っておらず、開襟シャツの襟口は黒ずんでいた。

店の外から、チルネック疑獄を糾弾する演説が聞こえてきた。それは駅前でハンドマイクを持った青年が毎日昼下がりになると一人でやっているもので、道往く人は殆ど関心を示さず、駅前のどこかの店舗からの通報を受けてやって来たらしい警察官に注意されると、必ず一悶着起こった。しかしその悶着すら、多くの人々を振り向かせるには至らなかった。週刊誌がすっぱ抜いた新たな証拠（音声テープ）によって形勢が逆転する可能性は高く、チルネック疑獄の今後の展開は予断を許さなくなっているものの、国民の関心は急速に冷めつつあり、この青年の孤立はそれを象徴していた。

「厚労省職員の命を奪った政官民の癒着は今に始まったことではなく、現政権のこの腐敗した利権優先の体質は断じて許されるものではありません！」

青年の言葉は風に乗って喫茶「Wヴィジョン」の二階の窓ガラスに当たって砕け、野崎浩子の耳には防災無線の試験放送のように虚ろに響いた。

ウエイターがホットコーヒーとティラミスを持ってやって来た。

平野明は大きく息を吸い込むと、皿を手に持ってたったの二口でティラミスを平らげ、大きな音を立ててコーヒーを啜った。

「お腹が空いているの？」

彼は野崎浩子の顔を見て首を横に振り、「昨日の晩から何も食べてないんだけど、空腹じゃない」と答えた。口の端にカスタードクリームが付いている。彼は何かに急かされるように熱いコーヒーを飲み終えると、左手を額に添えて俯き、再びコーヒーシュガーに視線を固定したが、実際にはコーヒーシュガーなど見ていなかった。しかし、テーブルの上に置かれた右手の中指と薬指の爪が奏でる不規則な打音に限っては、彼の耳にもちゃんと聞こえている気配があった。精神が余りに疲弊して、何か意味あるものを受け付ける余裕を持ち得ない場合、目に見える物と違って何の意味も持たないこのような音だけが精神の関門を通過出来るのかも知れなかった。

野崎浩子は一口ティラミスを口に入れただけで、あとはじっと平野明のフケの浮いた頭を見ていた。暫くして、テーブルを打つ彼の右手の動きが止まったかと思うと、その項垂れた頭と股関節との間の空間を大きな涙が二、三粒落ちていくのを、彼女は見た。

野崎浩子は眉間にきゅっと皺を寄せると、テーブルの上に手を滑らせて彼の右手を両手で包み込んだ。これ以上出来ないほど深く項垂れた平野明が十三粒の涙を落としたのを、野崎浩子は正確にカウントした。最後の方は涙と共に鼻水も落ちて、平野明は盛んに洟（はな）を啜った。

やがて静かになった平野明は、顔を伏せたままテーブルの上に左手を伸ばして何かを探るような手付きをした。野崎浩子がその手にお絞りを握らせると、彼はゴシゴシと顔を擦ってから視線を上げた。目と鼻と頬が赤くなっていた。

「済まん」

野崎浩子は首を横に振った。

「時間は大丈夫なの？」

「ああ」

「京香は？」

「……彼女の両親が……、看てる」

するとと再び平野明の目が潤み始めた。そして急にハッとしたような顔になると、お絞りで左手の指を拭き始めた。忽ちお絞りの一部分が赤茶色に汚れた。

「何か、私に出来ることはない？」

「…………」

「何でも協力するわ」

「…………」

「指に怪我をしてるの？」

「……暴れるからな」

それからは、野崎浩子が何を言っても、平野明は一言も喋らなかった。

入店してから二十三分四十五秒後に二人は「Wヴィジョン」から出て来て、そのまま別れた。腕時計のストップウォッチ機能を切った野崎道太郎は、駅の階段を上っていく妻の後ろ姿を燃えるような目で見送った後、階段の下に設置されたスモーキングエリアで煙草を吸い、二本目の途中で激しい咳込みに襲われて身悶えた。

二十六〈野崎道太郎〉

一定の閾値（いきち）を超えた怒りの感情は、具体的な報復行動へと次第に収斂されていく過程で一時的に収まったような外見を呈することがある。

既に行動を決めている野崎道太郎のその夜の様子は、まさにそのようなものだった。

野崎浩子はそんな夫が、その日会社を休んで自分の跡を尾けていたことを全く知らずに、彼の隠されたモチベーションの炎に油を注いだ。

「平野さん達、大丈夫かなぁ？」

「…………」

「連絡もないし」

野崎道太郎は目玉をギョロギョロさせた。

「心配なのか？」

「ええ、まあ。でもきっと大丈夫だと思うわ」

「翔は？」

「相変わらずよ」

翔はこの日も帰宅後は部屋に籠もった切りで、夕食も食べないまま、トイレ以外は階下に下りてきていない。野崎道太郎の食も進まず、癖である舌鼓の音も鈍りがちだった。浩子は昼間の薄化粧を完璧に落とし、殊更にダサいスウェットの上下を着ている。既に鉈は手に入れて紙袋に入れ、逃げるためのボストンバッグと共に和室の押入れの奥に突っ込んであった。

先に風呂から上がった野崎道太郎は、浩子が入浴している間に鉈を取り出して自分の敷布団の下に隠し置き、台所で缶ビールを飲みながら咳を我慢しつつ煙草を一本吸った。日増しに健康状態は悪化していて、この先更に何年間かCFで勤務し続けるのはきつかったが、しかしこのまま浩子と一緒に生きていく方が彼にとっては遥かに地獄の人生に思えた。衝動のままに行動し、あとはCFによって無化するのみである。翔をどうするかという問題はあったが、それは成り行きに任せることにして決行は今夜と決めていた。昼間見たあの喫茶店が二人の逢引きの場所であり、もし平野明が娘が死んだことに打ちのめされていなければ、彼らはあれから商店街の裏通りにあるラブホテルに向かったに違いなく、ということは即ち今日も浩子は実質的に不貞を働いたということだ、と彼は結論付けていた。咄嗟に居ても立ってもいられなくなり、寝床へと突進して敷布団の下に手を突っ込み、ピカピカの鉈を引っ張り出してブンブンと振り回す。すると刃先が照明具の紐（ひも）に当たり、紐はパチンと跳ねて彼の目の前で大きく揺れた。

その時、風呂場から浩子の湯浴みする音が聞こえた。

野崎道太郎の頭の奥で、乾いた枝が折れるような音が鳴った。スイッチが入ったのだ。そう確信して反射的に鉈を握り締めて風呂場へと走る。「風呂場で殺(や)れ」という命令が脳内を駆け巡り、それは鞭(むち)のように彼を打擲して急き立てた。風呂場なら大量の血を跡形もなく洗い流せる。鉈を洗濯機の上に置き、パジャマと下着を脱いだ。全裸になって鉈を手に持つ。磨りガラスの向こうで、まだ一緒になって二年に満たない四十二歳の浩子の熟れ切った白い裸体が艶めかしく動いている。タオルで頭を拭いているのだ。その瞬間、彼は突如ラブホテルの中の平野明に成り代わり、これから他人の妻を抱くのだという思いに頭を殴られたような衝撃と興奮とを覚えた。

「あなたなの？」

浴室の中から浩子の声がした。

「ああ」

「どうしたの？」

中からも、磨りガラスを通してこちらが裸であることが見えているに違いないと思い、野崎道太郎は「待ちきれなくてな」と言った。

すると浩子が笑った。

「まだ髪の毛も乾かさなければならないから、お酒でも飲んで待っててくれる？」

その言葉を聞いた時、彼は突然何かを思い出したかのように両目を見開き、手の中のずしりとした刃物に繁々と眺め入った。

「分かった」

そう答えると彼はパジャマと下着とを抱えて和室に戻り、鉈を持ったまま布団の上に裸で横たわった。少しして、風呂場の扉が開く音が聞こえた。浩子が裸の上にパジャマを着て、ドライヤーのスイッチを入れたのが分かる。野崎道太郎はその瞬間、体を反転させて畳の上にどんっと鉈の切っ先をめり込ませた。

その夜浩子は営みの中で、これまで野崎道太郎が彼女に教えてきたやり方の全てを忠実に彼の体に施してきた。その中には野崎道太郎が既に忘れていたような性戯もあった。二人は二枚の敷布団を縦横に使いながら、上になり下になりして絡まり合った。もし事前に鉈を押入れに戻しておかなかったならば、浩子は間違いなく敷布団の下の凶器の存在に気付いただろう。もし気付かれたなら、彼は殺るしかなかった。この夜の浩子が進んで彼を受け入れて積極的に求めてきたのは、あるいは彼女の生存本能が齎した咄嗟の機転かも知れなかった。野崎道太郎はそれならそれでいいと思った。そして彼女の性技に身を任せて果てた瞬間、この女の全てを赦してもよいという気になった。

彼のその心理の裏には、もしCFによる責任の無化が嘘っ八だったらこれ以上罪を重ねることは自分にとって致命傷になる、という深い恐怖心があった。ずっとCFで働いているにも拘わらず、過去の自分の罪科から少しも自由になれていないのではないかという根本的な疑念が、彼にはどうしても拭えない。浩子を心から赦すことがもし可能ならば、それに越したことはなかった。

「自分はあなただけが命で、今までに一度たりともあなたを悲しませるような真似はしたことがないです」と言わんばかりの浩子の顔を見ている内に彼女の中にあった一物が再び怒張し、彼はゆっくりと腰を揺らし始めた。ぐったりして目を閉じていたところを揺さぶり起こされた浩子が、その時僅かに鬱陶しそうな表情を見せたことが野崎道太郎の揺れる心を一瞬で固めさせた。彼は決行を明日四月三十日金曜日の帰宅直後だと心に決めると、取って付けたように嬌声を上げ始めた浩子の中へと最後の精を放つべく、暴走機関車のように驀進していった。

二十七〈山口邦武〉

山口邦武は事故直後、激しく動顚した。どちらがアクセルペダルでどちらがブレーキペダルなのか分からないまま盛んに踏み替えている内に、気が付くと歩道に突っ込んでいた。沢山の児童や野次馬が彼の車を取り囲んで大騒ぎしており、窓ガラスを叩いてくる者もいた。最初は恐ろしかったが、暫くすると、この烏合の衆達と自分との決定的な身分の差に思い至って冷静さを取り戻し、運転席から宝月誠仁に電話を入れた。山口邦武を睨み付けて「さっさと出てきて被害者の人命救助をしろ!」と叫ぶ者もいたが、平然と無視した。ボンネットとブロック塀の間から突き出た小さな手のようなものを眺めながら呼び出し音を聞き、電話に出た宝月誠仁の声を聞くと心は一層の落ち着きを取り戻した。セリグマンS500の起こした人身事故の責任問題については、CFのシステムによって滞りなくその処理が完了する運びであることを宝月誠仁は確約した。

軽症を負っていた山口邦武は事故現場から救急車で病院に運ばれ、入院した。

そして彼は、為すべきことをした。

C国の副首相に連絡を取り、CF進出の件について閣議で諮（はか）ってくれるよう要請した。宝月誠仁は常々C国進出のための資金に「桁」というものは存在しないと言って憚らなかったから、山口邦武は副首相に、各方面の懐柔資金については一切糸目は付けないと伝えた。相手の感触は悪くなかった。CF受け入れに関してC国が他国にはない特別の条件を付けてくるだろうこと、それは処理施設を米国の三倍（乃至（ないし）四倍）の規模にして欲しいというものだということが、山口邦武には分かっていた。「そうすれば我々はCFの『商品』が三倍よく見えますから」と彼らは言うことだろう。何であれ、目に見える部分が巨大であればあるほど信頼を置くというのが、C国為政者の歴史的スタンスなのだった。

山口邦武から知らせを受けた宝月誠仁は狂喜し、「建物の規模は幾らでも大きく出来ますよ」と請け合った。

自動車事故のその後の取調べに対しては、「ブレーキを踏んだが利かず、エンジンが勝手に噴き上がって加速した」と主張するよう、宝月誠仁から指示を受けた。

「事実、その通りなんだがね」山口邦武は電話でそう言った。

「と、おっしゃいますと？」宝月誠仁が訊いた。

「私は必死にブレーキを踏み続けたんだが」

「そうでしょうとも。まさに、そうでしょうとも。その『記憶』で満点ですよ先生。事情聴取にも是非そういう体でお答えになって下さい。では」

その後、セリグマンS500のごく一部に欠陥車が存在することが指摘されて無料点検実施のニュースが世界を駆け巡ったが、元々販売台数の少ない稀少車種だったために大きな話題にはならなかった。

山口邦武は三日で退院し、身柄の拘束もなかった。

事件から一週間が過ぎた。

「憧れの車に欠陥とは、誠に残念なことだった」

その夜、山口邦武は「蓮子牛のフィレ肉　グルノブロワーズのコンディモンを添えて」を口に運びながらそう言った。人を殺めた責任が消えてなくなっていくことの実感が、肉の味を一層引き立てた。

「いや、こちらが差し上げた車に不具合がありましたこと、誠に申し訳ないことで、何とお詫びを申し上げてよいものやら」

宝月誠仁はそう言いながら、目の前の老人が「今回私は、お主にまんまとしてやられたのか？」という目でチラチラとこちらを見てくるのが愉快で堪らないという表情を見せた。

やがてワインで顔をうっすらと赤らめた宝月誠仁は、山口邦武にCFの仕組みの一端を喋り始めた。その時山口邦武は「珍しいこともあるもんだ」と思ったが、その話の内容は常識の範囲を超えるものではなかった。しかしCFの中枢にいる人間の口から聞く話には、巷の噂より遥かに説得力があった。

宝月誠仁によると、罪を犯した者のCFへの勧誘は、逮捕前は市井に展開するエージェントによって、逮捕後は警察及び検察によって、裁判後は裁判所の認可を得て検察が担当している。中でも、罪を犯した政府関係者や上級国民を不起訴にすることが重要で、そのためにCFは警察庁以上に検察庁とより一層強固に繋がっている。平民や下級国民は、いわばこの繋がりのおこぼれに与っているに過ぎないという。と言うのも、下賤な国民に比べて上級国民がCFに齎す手数料は桁違いに大きいからである（ここで宝月誠仁は、「ご心配なさらずとも今回の費用は山口先生のC国への仲介で賄われております」という意味ありげな視線を送ってきた）。もし萬が壱、下級国民が上級国民並みの費用負担を強いられたなら、彼らは一生涯CFへの借金を労働によって支払い続けなければならないことになる。つまり下級国民の犯罪責任の無化は極めて廉価であり、CFにとっては一種の施しのようなものだった（しかも平均賃金以上の手取りが保証されている）。よってこの「施し」には金銭以外の目的がある。それはまず第一にCFの工員の補充。そして第二に草の根レベルでの「責任は本当に無化されるという真理の醸成」である。

「CFによる責任の無化を受ける人間が多ければ多いほど、無化の効果は高まりますからな」宝月誠仁はいつになく早いピッチでワインを呷った。

「それはどういうことかね？」

「誰かがひとたびCFの世話を受けると、責任の無化はその分だけ既成事実化するということです。先生も、御自分一人だけだと本当に責任は消えたのかと不安に思われるでしょうが、同じような仲間が何百万人も何千万人もいれば疑念も晴れて御安心でしょう？」

山口邦武はその時、胃が捩れるような不快感を覚えた。

「もし世界中の人間がＣＦを利用すれば、責任の無化はこの世界において百パーセントの現実となります。我々が世界に勇躍しようとすることの、これが大義でございますよ」

窓外のビル街を睥睨するようにして聳え立つ、いつにも増して多量の蒸気を吐き出しているＣＦの巨大煙突を眺め遣る宝月誠仁の目は、「人生はゲームですな」と言っているかのようで、世界制覇のための次なる一手をどこに打つべきかを考えているに違いないと思われた。

あの蒸気は自分の「責任」なのだろうかと考えながら山口邦武はこの時、ＣＦのシステムさえ使えば、宝月誠仁は菅原哲明を消して社長の座に就くことも難なく出来るのだということに思い至った。すると喉まで胃酸が逆流して激しく咳き込み、突然の息苦しさに一瞬自分自身の死が脳裡を掠めた。

二十八〈高梨恵〉

その日の朝、森嶋由紀夫に電話で起こされ、高梨恵は眠い目を擦りながら近所の公園に出向いた。ジョギングをしている老人が複数人いた。森嶋由紀夫はクマネズミのように一箇所に止まることなくウロウロと動き回り、ジョギングコースを出たり入ったりしてまるで落ち着きがない。

「時間がないんや」

「分かってるわ」

決行の日が近付くに連れて彼の興奮はいや増し、今はもう全く地に足が着かない様子で、自分自身を鼓舞するかのように盛んに難しい言葉を口にする。

「真知はすなはち行たるゆゑんなり、行はずんばこれを知と謂ふに足らず！」

「どういう意味なの？」

「何事も実際に行動してみん限り、本当に知ることは出来んっちゅうこっちゃ！」

森嶋由紀夫は鼻息荒くそう言った。

終始、まるで自分の手で世界に一大変革を起こそうとしているかのような上擦りようで、確かに大企業に向かって爆弾を一つ爆発させようというのだから大した蛮行には違いなかったが、それが松前清和の裏切りによって思ってもみない方向へと捻じ曲げられる運命にあることも、それによって多大な犠牲者が出ることも知らないでいるこの英雄気取りの「恋人」に、高梨恵は哀れみと同時に微かな腹立たしさを覚えた。

「お前には義憤っちゅうもんがないんか？」森嶋由紀夫は傍に生えていた雑草を一本引き抜いて言った。

「義憤って？」

「正義に背く者に対する怒りのことやないけ。たとえばＣＦや政府に対する怒りや」

彼女は小首を傾げた。それを見た森嶋由紀夫の顔は「そんな風に小首を傾げても可愛ない女は可愛ないからな！」と言っていた。

高梨恵は、「お化け煙突」の方角を見遣ったが、近くのビルに隠れてまるで見えない。

「何か腹の立つこととか我慢出来へんことは、なひのか？」見ると森嶋由紀夫の口には、雑草の茎が銜えられている。

「あります」

「何や？」

「書けなくなったボールペンとか」

森嶋由紀夫はいかにも軽蔑し切った顔で「アホかお前は！」と吐き捨てるように言った。高梨恵は俯いて地面を見詰めながら、「それはあなたのことよ」と心の中で呟いた。ボールペンという筆記具は、ペン先を上にして立てておくとインクが分離してやがて書けなくなる。書けないボールペンほど無意味で、腹立たしいものはなかった。森嶋由紀夫は爆弾テロ計画の間中、ずっとペン先を上にして過ごしていたに違いない。その結果、計画の実行を明日に控え、実質的に何の役にも立たない存在に成り下がっているのではないか。

「そんなことやから女はアカンのや」

「女が駄目なんじゃなくて、私が駄目なんでしょ」

「どっちもアカンのじゃ」

雑草の茎を嚙んで緑色に染まっている彼の歯から、高梨恵は目を逸らした。

ジョギング中の老人が、二人を大きく迂回(うかい)して走り去っていく。

「おっと、もう時間や」森嶋由紀夫が腕時計を見たその顔は、初めて「アカシア」で会った時と同じ他人の顔だった。

「もう会えないの？」

「そやな。当分はな」

突然抱き寄せられて、高梨恵は彼の胸に倒れ込んだ。

「この世界の幻想を叩き潰したる」

「………」

唇を塞がれた時、高梨恵は雑草の茎の苦味を味わいながら、こんなに切羽詰まった時にわざわざ自分を呼び出して別れの口付けをしてくれるような男は今まで一人もいなかったし、恐らくこの先も現れないだろうと思った。それならば自分の為すべきことは、逆向きに立っているこのボールペンを引っ繰り返すにはどうすればいいのかを考えることではないだろうか。

「話があるの」彼女は言った。

「何や？　もう行かんと」

「お願い、聞いて」

森嶋由紀夫の顔を見上げると、彼の背後の空を一羽のイソヒヨドリが飛んでいくのが見えて彼女は目を輝かせた。華やかさのまるでないこの鳥がよいことを齎してくれたことは一度もなかったが、曲がりなりにも青い羽を持つこの鳥を見たからにはきっといいことがあると、彼女は自分に言い聞かせた。

二十九〈平野京香〉

平野京香は、心臓が止まりそうなほど驚愕して目が覚めた。

暗がりの中に、二人の人間が横になっている。

一人は母で、もう一人は夫の明だった。

彼らはもう一週間以上彼女に付きっ切りで、彼女が馬鹿な考えを起こさないように監視している。

心臓が止まりそうになったのは、綾乃が殺された夢を見たからだった。目覚めた時、それが夢でないことを知って激しく錯乱するのがこれまでの常だった。すると二人が目覚めて彼女を押さえ付け、彼女以上に大声を出し、泣き、宥めるのである。

しかしこの時の平野京香は、綾乃が殺されたのが現実のことと分かっても、大きく取り乱すことはなかった。彼女は部屋の中で畳の上に体を横たえ、毛布を被って寝息を立てている母と夫を静かに眺めた。そっと布団を抜け出すと忍び足で階段を下り、台所の流しの下を開いて包丁を一本引き抜くと、パジャマ姿のまま玄関から外に出た。そして深夜の街を、裸足の足裏にアスファルトを感じながら全力で駆けた。

彼女の姿をじっと見下ろすかのように、CFの巨大な煙突が夜空に聳え立っていた。

体全体が汗ばんできたので彼女はパジャマのズボンを脱ぎ、歩道脇のイチョウの木の枝に引っ掛けた。内腿の間を夜風が吹き抜け、頼りなくも気持ちいいような不思議な感じがした。パジャマのズボンは、知らない街に足を踏み入れていた彼女が帰り道を見失わないための目印になってくれるに違いない。

　走り続けて行くと、道の斜向かいの歩道を歩いて来た男が彼女を見て驚いたような顔をした。その理由はすぐに分かった。いつの間にか彼女は全裸になっていて、包丁を前に突き出し、それを左へ右へと傾けて舵を取りながら走っていたのである。上着やパンティをどこで脱いだのか分からない。しかし、もう後には引けなかった。

　目を見張るほど豪華なその邸宅の中に入るには、門の鉄柵の間を体をぺしゃんこに潰して擦り抜けなければならなかったが、それは汗に濡れた全裸でなければ到底為し得ない業だった。この時、なぜ自分がこんな格好になったのかという理由が分かって、彼女は乳房を撫で下ろした。

　二階の寝室に入ると、ベッドの上で一人の老人が寝息を立てていたので、庭から失敬したガーデニング用の荒縄でベッドごと縛り上げた。声が出せないように、喉に包丁を突き刺して時計回りにキュッと捻る。老人はカッと目を見開いて身悶えたが既に声は奪われ、喉から音を立てて血の泡を噴き上げた。

「復讐に来ました」平野京香は言った。

そして目玉をギョロギョロさせている老人の、張りのない両耳と鼻を包丁でゆっくりと殺ぎ落とした。よく研がれた包丁の刃は、弛んだ皮を難なく切り裂いていった。荒縄で額もきつく固定されていたので、老人には顔を背ける術がなかった。それから彼女は老人の両瞼を切り取り、耳や鼻と一緒に口の中に押し込もうとした。しかし老人が我に返ったように歯を食い縛って頑強に抵抗し始めたので、包丁の柄尻を何度も振り下ろして前歯を叩き割り、無理やりに詰め込んだ。次にパジャマと下着を切り裂いて老人の体から引き抜くと、目の前に萎んだ風船のような裸体が現れた。彼女は老人の乳首と、半分勃起していた陰茎を根元から切除した。しかし老人が尚も暴れ続けたので、包丁を高々と振り上げて、峰を使って鎖骨と、肋骨と、骨盤を強かに叩き割ってみた。さすがに少し大人しくなったので、今度は手足の指を一本ずつ切断していくと老人は再び幾分か元気を取り戻し、血で真っ赤になったベッドの上でピチャピチャと跳ねた。そんな状況の中、老人は何度か脱糞をした。臭いのでそろそろ仕舞いを付けるべく、彼女は老人の体の正中線に沿って額から順に下へ下へと、包丁に全体重を預けながらズブズブと突き刺していった。すると胸骨にきた辺りで傷口が蟹のように泡を吹き、肺の空気がすっかり抜けて息の根が止まったのが分かった。彼女がベッドの上に上って仁王立ちすると、マットレスから滲み出てきた血に足指が沈んだ。老人の顔に跨って大便をしようとしたが出なかったので、口の中に小便を命中させると盛んに泡立ち、暫くすると鼻の穴から鉄砲水のように橙色の液体が流れ出てきた。

「ゲス野郎」と彼女は吐き捨てた。

こうして老人は単に汚いだけのモノになった。

平野京香が目を開けると、とうに夜は明けていた。まだ眠っている夫の横で、上体を起こした母が彼女の顔をじっと覗き込んでいる。

「よく眠れたかい？」

母にそう訊かれて、平野京香は小さく頷いた。彼女は夢うつつの中で山口邦武という老人を何度八つ裂きにしたか知れなかったが、今の今まで展開していた頭の中の残忍極まる光景を母に見透かされたような気がして、思わずパジャマの前を摑んだ。

その時、突然部屋が揺れて窓ガラスが震えた。

「地震？」母が言った。

揺れはすぐに収まった。

明が目を覚まし、反射的に京香の顔を見た。

その朝がいつもと全く違うことに、三人は顔を見合わせた。

母と明は、台所のテーブルに座ってトーストに塗られた蜂蜜を舐める京香の様子をじっと見守った。彼女が一週間振りに食べ物を口にしていたからである。平野明はテレビ好きな妻のためにテレビを点けていたが、ボリュームはゼロに絞っていた。平野京香はミルクティーも少し飲んだ。

「良かった」平野明が言い、母がその言葉に頷いた。

しかし何を良かったと言っているのか、平野京香にはよく分からなかった。

どこかでサイレンの音が鳴っている。

やがて、明と母も朝食を食べ始めた。

「この分だと、今日の午後は出社出来るかも知れませんね」明が言った。

「そうなさい。午後には私もお爺ちゃんと交代するから」母が言った。

二人とも京香の方にばかり注意を払い、テレビは見ていなかった。

平野京香だけが、テレビ画面に見入っている。

そこには天井や窓やシートが吹き飛んで全壊したバスを中心に、歩道や車道の上に転がっている人々や、半壊した車、ウインドウの壊れた店舗などを捉えたドローン映像が映っていた。画面の右上にはここから十駅ほど離れたK町の表示があり、テロップには「CF送迎バス爆発　乗客、通行人など死傷者六十名以上」とあった。

平野京香はこの時、自分の中に渦巻いていた暗黒の感情が蒸発していくような、不思議な感覚を覚えた。テレビ画面の中で右往左往している人々の姿は、蟻(あり)に似ていた。すると子供の頃、夏休みに庭の花の水遣りをしていて、蟻の巣にホースの水をぶちまけたことを思い出した。蟻は突然の大洪水にパニック状態になったが、やがて水が土に染み込んでしまうと、生き残った蟻達は死んだ蟻を少しも顧みることなく、決まった行動パターンを機械的に再開し始めた。子供だった平野京香は、眼下に蠢く蟻達の余りにシンプルな振る舞いに不思議な感動を覚えた。

人間もまた、意識の持ちようを変えるだけでこの蟻のようにシンプルに生きることが出来るのではなかろうか、と彼女は思った。

その時頭の中に一連の言葉が閃(ひらめ)き、平野京香は突然椅子から立ち上がった。

「どうした京香」夫が訊いた。

彼女は台所から出て行こうとした。

「どこへ行くんだ？」

「ちょっと二階の本棚へ」

「一緒に行くよ」

「ううん、大丈夫だから」

そう答えた京香の目がとてもしっかりしていたことに圧倒されたのか、明は上げ掛けた腰を椅子の上に下ろした。そして彼と母親とは、階段を上っていくトントンというリズミカルな音を聞きながら、小さく頷き合った。

平野京香は、本棚から『ゾ・カレの本質〜どうしても誰かを赦せなくなった時に読む本』を抜き取ってパラパラと頁を繰った。すると不思議なことに最初に開いた頁が目当ての頁で、一連の文章が向こうから勝手に目の中に飛び込んできた。

「加害者のことを恨んでずっと赦さないのは一部の猿と人間だけで、殆どの生き物はどんなに酷い目に遭っても相手のことをすぐに忘れてしまうものだ。人間と猿だけが、自らの身を焼き尽くすまで憎悪と復讐の炎を燃やし続けるのである。

相手の責任を追及している限り、人は幾らでも残酷で暴力的になれるものである。他人を責めている限り、何も怖くないからだ。しかし逆の立場を考えた時、即ちもし自分が相手の立場だったらどうしていたかということを真に想像出来た時、そこに我々を苦しめ続けていた『責任』という呪縛からの解放という現象が起こるのではないか。あなたの身に何か劇的な変化が生じて、ふっとその相手の罪を受け流すことが出来ている自分に気付いたならば、よくよく耳目を澄まし、天を仰いで全身で何かを感じようと努めてみるがよい。するとあなたは必ず、通常では聴こえもせず見えもしない『ゾ・カレ』の気配をありありと感じ、その有り難さに総毛立ち、感涙に咽ぶことであろう」

彼女は本を手に持ったまま、天井を見上げた。

SNSに溢れていた「本当に楽になりました」「嘘のように苦しみが消えました」という言葉が思い出された。そんな言葉に簡単には騙されないぞという思いが一瞬心の中に湧き上がり掛けたが、忽ち蒸発した。すると急に目頭が熱くなり、自分のすぐ近くに何か偉大なものが存在している気配を感じた。その存在が彼女にとって最も困難だった心の処理を可能にしてくれることが、その時即座に理解された。すると体が真冬の滝に打たれでもしたかのようにガクガクと震え出し、恐ろしいほどの有り難さに全身が包み込まれた。この時、救いとはまさに縁であり、興味本位で買って読んだ一冊の本が人生を変えることもあるのだと彼女は知った。そして今朝目覚めてからずっと手の中に握っていたペーパーウエイトを震える指で持ちながら、『ゾ・カレの本質〜どうしても誰かを赦せなくなった時に読む本』の上にゆっくりと滑らせた。

山口邦武のことなど最早どうでもよくなりつつある今の自分は、彼のしたことを赦し始めているのであろうか。そうだとしても、こんな自分をあちら側にいる綾乃はあの愛らしい微笑みできっと認めてくれるに違いないと彼女は思った。平野京香は本棚の前に跪(ひざまず)き、健気(けなげ)な娘の名を呼びながら、今までの粘着いた涙とは違うサラサラと透き通った涙を流した。

三十〈野崎浩子〉

バス爆破事件は、犯人を含め死者数は一般市民を巻き込んで二十八名、重軽傷者数は五十九名の大惨事となった。

野崎道太郎の死体も他の犠牲者同様バラバラで、葬儀は合同葬の形で行われた。

野崎浩子は、駅近につき公共交通機関を使ってお越し頂くのが便利ですという通知を無視して、自家用の軽自動車に翔を乗せて葬儀会場であるＣＦ本社の東乃真苑に赴いた。ＣＦの言う通りにして堪るかという気持ちがあった。たまに近くを通り掛かっても外から遠望するだけだったＣＦ本社は、野崎道太郎が勤務していた社屋からそう遠くない場所に位置し、東乃真苑だけでも実に広大な敷地が広がっていた。一般車進入禁止の車両進入口のゲートで身分証を提示して照会の手続きを済ませ、専用車道を走って駐車場に向かう。専用車道は分岐が多い上に想像していたより長く、確かに電車で来た方がよかったかも知れないと思った。漸く辿り着いた駐車場でベンツとＢＭＷの間に駐車する。案内係の社員に随いて鳳凰(ほうおう)が羽を広げたようなデザインの白い建物に入っていくと、そこが葬儀会場だった。参列者は皆カラスのように黒く、マスコミも大勢来ていた。平野夫妻も姿を見せていたが、浩子は平野明と視線を合わせただけで、ゆっくりと言葉を交わす余裕はなかった。

ＣＦの社長という人物が弔辞を述べた。

いかにも創業十五年にして急成長を遂げた大企業CENTRAL FACTORYの社長らしい堂々とした押し出しで、よく練られた文章を朗々とした美声で読み上げた。その上社員のみならず一般市民を巻き添えにして大量の犠牲者を出してしまった無念さを吐露した個所では、演技とは思えないほどの熱が籠もっていた。企業として一般の方々に甚大なご迷惑を掛け、社長として社員を失った。これ以上に辛く悲しいことはないと述べて洟を啜り上げ、拳を振り上げて怒りを露わにする。また、ＣＦの業務内容には誤解され易い一面があり、人の恨みを買うことは想定内であったにも拘わらず危機管理に甘さがあったと述べるなど、一定の謙虚さも見せた。今回の事件によってＣＦに対する世間の風当たりや中傷が一層激しさを増すことは当然として、しかしその一方で今までにない同情票が多く集まるに違いないとも思われた。それらを上手く利用してＣＦを今まで通りびくともさせないだけの経営の才を感じさせる、この社長独特の貫禄と風格だった。しかし事件の責めを負うと言い切った社長の言葉には、やはりどこまでも稀薄な印象が付き纏った。恐らくこの社長が何らかの責任を取ることは一切ないのだろう。それどころかＣＦ全体のどこを探しても、責任を負うべき部門も機関も人員もどこにも存在しないに違いない。なぜなら、自社の処理システムを活用しさえすれば、ＣＦはどんな過失や事故の責任からも免れることが出来るからである。そんな思いが式の間中、野崎浩子の頭の中にずっと去来し続けていた。

通勤中の事故ということで野崎道太郎は労災扱いとなり、ＣＦからの潤沢な見舞金や生命保険金も下りることになっていた。従って、野崎浩子と翔が以前のような貧困母子家庭に逆戻りする心配は当面なかったが、夫を二人続けて亡くしたことは彼女の未来に暗い影を落とした。

「お線香を立てるやつとか、新しく買わないとね」帰りの車の中で浩子が言った。前夫の物を使い回す気には勿論ならない。

「ホームセンターに売ってるね」と翔が答えた。

ホームセンターに寄り、灯立、花立、香炉、茶湯器、仏花などを買い求めた。

「何でも揃ってるのね」野崎浩子は改めて驚いたようにそう言った。

遺影と位牌を手に帰宅したのは、午後三時過ぎだった。

ＣＦは、漆塗りに金箔の施された立派な位牌を用意していた。遺品の腕時計と一緒に遺影と位牌を居間の隅のミニテーブルの上に置き、花と水とビールと煙草とを供えて線香を炷いた。結婚式の時に撮った写真に向かって二人で手を合わせる。

それから着替えを済ませ、冷蔵庫にあったバウムクーヘンを食べながら紅茶を飲んだ。

「バウムクーヘンって、ちょっと寝かした方が美味しいわね」

「うん」

喪服だったから遠慮したが、矢張りスーパーで今夜の食材を買ってきておくべきだったと彼女は思った。ふと見ると、紅茶を飲み干す翔の喉仏が大きく上下している。

野崎道太郎の骨は、さぞかし太かっただろうと彼女は思った。

暫く食欲が落ちていた翔が、今は美味しそうに食べている。翔にとっては義父の死は、綾乃ちゃんの死とは本質的に違うものなのだ。

「また二人になったね」彼女は言った。

「うん」

葬儀の間、母子は一度も涙を見せなかった。

犠牲者の親族の中には号泣する者もいたが、彼女のように表情を変えない者もいた。

野崎道太郎との結婚生活は二年に満たなかった。思えば彼は、貧しかった彼女と翔に大きな生活資金を残すという、ただそれだけのために一緒に暮らしてくれたようなものだった。どこか得体の知れないところがあったが、本当は何ものだったのだろうか。それを知る前に目の前から消えてしまった。

彼女が野崎道太郎と知り合ったのは、惣菜屋のパートで班長からのセクハラに遭い、同僚からの苛めも重なって酷い精神状態に陥っていた頃だった。貯金も底を突いて頭がおかしくなりかけていた浩子は、もう宝くじで一億円を当てるしかないという気持ちに囚われ、虎の子の二万円をはたいて連番百枚を買い求めた。当時の彼女にとっては一月分の食費に相当する額だった。二千円は確実に戻ってくるが、あとの一万八千円はドブに捨てたかも知れないという思いは日増しに膨らんで、抽選日が近付くに連れて彼女はいよいよ追い詰められた。そしてもしこの宝くじが外れたら、自分はまた翔を道連れにして死のうとするに違いなく、しかも今度は確実にやり遂げてしまうと確信した浩子は、抽選日を待たずに宝くじの束を橋の上から川の中に投げ捨てた。その橋は、前夫に死なれた直後の冬の日に、四歳の翔を連れて立った橋だった。しかし忽ち、その日に翔に食べさせる夕食すら用意出来ないという現実に打ちのめされ、彼女は思わず欄干から身を乗り出した。川の水は浅く、投げた宝くじの束が確認出来、亀がその近くで首を突き出して息をしていた。それを見た彼女は欄干から身を引き離して走り出し、その足で、以前から気になっていた「奥様の完熟太もも」という風俗店に飛び込んで面接を受けた。そして翌日から、午後の三時間だけデリヘル嬢として働き始めた。

ホテルで最初の客となった男は荒々しく、熊にでも襲われているような気がしてとてもセックスどころではなかった。彼女が抵抗すると男は怒り出し、店に電話を入れてキャンセルを申し入れた。浩子は動顛して、襟の破れたドレスをなかなか着ることが出来ず、男がひっきりなしに吸う煙草の煙に噎せている内に泣き出した。今までの辛い記憶が雪崩れのように押し寄せてきて、「さっさと着替えて代わりを寄越せ！」と言う男の声も、遥か遠くの竿竹売りの声のようにしか聞こえなかった。

彼女はベッドの上に座り込んだまま、ずっと泣き続けた。

部屋に掛かってきた電話に男が出て、暫くの間何か喋った。

その時、「キャンセルは取り止めだ」という男の声が聞こえた気がしたが、それはそれでもっと恐ろしい展開になるかも知れないと思うとゾッとして、息が止まった。すると電話を切った男が「何をそんなに泣くことがある？」と訊いてきた。

見ると男が、眉根をヒュッと上げた。

浩子が自分の身上を言葉にするまでには随分と時間を要した。男はその間、煙草を吸ったりベッドに横になったりしていた。

話し終えてしまうと、どこにでもあるような母子家庭の貧乏話に過ぎないという気がして、四十路（よそじ）の女が長々とベソをかいていたことを浩子は恥ずかしく思った。

聞き終わると、男は何も言わずに浩子の肩を抱き寄せた。浩子の中にも、言うべき言葉は残っていなかった。彼女は抱かれるまま男に身を凭せ掛け、二人はそのまま布団の中に潜り込んで半時間ほど浅い眠りに落ちた。

それが野崎道太郎との出会いだった。

初めに言(ことば)はなかった。

浩子は今でも、野崎道太郎は荒々しい熊男だったのか、穏やかな家庭人だったのか、そのどちらでもなかったのか分からないでいる。事故の前日のセックスは、自分の中の平野明の痕跡を消さねばならないという思いに駆られて思わず力瘤(ちからこぶ)が入ったが、今思うと結婚生活の総決算のようなもので、あんなもので満足して成仏してくれたとしたらそれはそれに越したことはないとは言え、改めて振り返ってみてもどこか哀れな男だったと思わずにいられない。野崎道太郎の魂には、決して癒されることのない宿痾(しゅくあ)のようなものが巣くっていた気がした。カムフラージュされた表情を破って突如現れ出るあの形相には、彼女の知らない重い過去が刻み込まれていたのだろう。

「ＣＦって、人の過ちを帳消しにしてくれる会社なんだよね」

ティーポットに残った僅かな紅茶をティーカップに注ぎながらそう言った息子の顔を、もう空になっていたティーカップの縁で下唇をタップしていた野崎浩子は、まじまじと見詰めた。

「そうね」

「あの人は、何か悪いことをしたからCFで働いてたんだよね？」

「さあ。母さんには分からないわ」

「悪いことをして、その責任を無にしようとしていたんでしょ？」

「知らない。母さんは何も聞かされてなかったから」

「絶対にそうだよ。あいつは犯罪者だったんだ」

翔の言っていることは正しいかも知れない、と彼女は思った。

「いいえ、きっと普通の社員だったのよ」野崎浩子はティーカップを両手で包み込んだ。

「嘘だ」

「もしも父さんが犯罪者で、CFが責任を無にするという噂も本当なんだったら、父さんはもっと楽になっていたんじゃない？　父さんは苦しそうだったじゃないの」

「父さんって言うな！」

「責任が消えるなんて、そんなこと本当にあると思う？　翔」

翔は、居間の野崎道太郎の遺影をチラッと見てから母親の方に向き直った。

「政治家とか大企業の責任はしょっちゅう消えてなくなってるじゃん。ざらにあるよそんなのは。あの人が苦しそうだったのは体調が悪かったからで、良心の呵責とかじゃないよきっと」

翔の言う通りかも知れない、と野崎浩子は思い、もう一杯温かい紅茶が飲みたくなった。彼女は野崎道太郎に相応の感謝こそすれ、愛したことは一度もない。日々体調を壊していく野崎道太郎の様子を観察しながら母子共に密かにその死を願っていたとすれば、今回のことはその時期が少し早まったということに過ぎないのかも知れなかった。

それから数日後の夕方、平野明が訪ねて来た。あの日の「Wヴィジョン」のお礼だとすれば、面倒臭い男だと野崎浩子は思った。

「何て言ったらいいのか」などと言う。

「もうすぐ翔が帰ってくるから」

「あ、そう」

「二人でいるところを見られたくないの」

「…………」

　今は何もない関係とは言え、多感な翔が二人の間に流れる空気に何かを感じ取ってしまうのが彼女は嫌だった。平野明の目が泳いでいる。気の小ささの表れで、昔何度も目にしたものだ。

「京香さん、少しよくなったみたいね」そんなことを訊いてみた。

「ああ、でも急に宗教じみてきて、お義母さんも困惑してるよ」

　聞けばＣＦの会合に顔を出すようになっているという。

「元看護師だったっていう変な小母さんが、しょっちゅう訪ねてくるようになったし」

「あなたはどうなの？」

「何が？」

「もう大丈夫なの？」

「ああ、大丈夫」

「どうして？」

「何が？」

「娘が殺されたんでしょ？」

「……………」

「それで、何が大丈夫なの？　綾乃ちゃんを殺した元外務省事務次官がＣＦを利用したってこと？」

「何を言ってる？　俺を責めてるのか？」

「分からないから訊いてるんでしょうよ」

「じゃあお前はどうなんだ？　旦那が殺されたんだろ？」

「お前って呼ばないでくれる？」

「旦那が爆弾で吹っ飛ばされたのに、随分と平気そうじゃないかっ。爆弾犯は死んだんだからＣＦは利用出来ない筈だろうが！」

「夫は他人だけど、娘は違うでしょうに！」

「何だその理屈は！」

付き合っていた学生時代とそっくりの遣り取りが二十年を経た今目の前に再現

していることに、浩子は情けなくなった。何だろうこのスカスカした感じは。まるで鬆（す）の入った大根のような中身のなさが、二人を取り囲む世界の隅々にまで広がっているようで、浩子は何もかもどうでもいいような気がした。それは平野明も同じらしく、訪ねてきた時とは打って変わって投げ遣りなチャラチャラした雰囲気が滲み出ていた。娘が死んでもこの程度しか精神的体重が増えないのなら、吹けば飛ぶような人間として一生を終えるに違いない。選ばなくてよかった。しかし、と彼女は思った。この男と自分とは、一体どこがどう違うのだろうか。

その軽さにおいて。

その中身のなさにおいて。

その無責任さにおいて。

キレぎみに帰り掛けた時、平野明はふと足を止めて彼女を振り返るとこう言った。

「ああそうだ。そんなことはなかったと信じたいけど、翔君が綾乃に何かイタズラをしてたってことは、まさかないよな？」

それを聞いた浩子は発作的に履いていたサンダルを摑んで、彼に向かって投げ付けた。

「おっと！」と言ってサンダルを軽く避けると、平野明は飛び跳ねながら遠ざかって行った。浩子は肩で息をしながら、その漫画のような後ろ姿を見送った。

その遥か先にＣＦの巨大な煙突が聳え、大量の蒸気を立ち昇らせている。

あの男だけではないのだ、と彼女は思った。

世界全体から、何か途轍（とてつ）もなく大切なものが刻々と蒸発しつつある気がする。

至る所に鬆が入り、世界は重篤な骨粗鬆症となっていずれ瓦解するだろう。

そして彼女自身もまた、その原因の一端を荷（にな）う、世界を蝕（むしば）むシロアリの一匹であるに違いない。そんな気がした。

三十一〈渡辺宏〉

渡辺宏はその朝、自分が利用していたＣＦの送迎バスが目の前を通り過ぎるのを見た。その瞬間、鼻腔一杯にピンク色の溶液の匂いが甦り、彼は思わず信号機ボックスに手を突いて項垂れた。なぜか日増しに脚が弱くなり、最早体重を支えるのが難しくなりつつある。何度か声を上げて空えずきをすると、口から粘性の強い太い唾液の柱が垂れてきた。歩道を歩いてきた通行人達は彼の姿を認めるや、まるで舞台上のダンサーのような俊敏さを発揮して即座に避けた。

体はいよいよ限界に近づき、連日、死に場所を求めて街をうろついていたと言ってよい。記憶も混乱し、最後の食事がいつだったのかも、一昨晩はどこで寝たのかもよく思い出せなかった。そんな中で鮮明に思い出せる数少ない記憶の一つが、真っ赤なパンプスを履いた女だった。何者なのか知らないが、路上で何度か擦れ違った。痩せて幸薄そうな女だが、彼に僅かながらも興味を示してくる唯一の赤の他人だった。具体的な関わりは何もなかったが、一度だけ二秒間ほど視線を合わせたことがある。その時渡辺宏は、彼女の小さな目が彼に向かって何も語り掛けてこないのを感じた。そんな眼差しに出会ったのは初めてだった。人々が彼を見てくる眼差しには全て「臭いんだよてめえ」「死ね」「あっちへ行け」などの明瞭な意味が込められていたが、彼女の視線には何も含まれていなかった。かと言って空疎でもない。それどころかその眼差しは雄弁で繊細なものに思われた。そこにあったものを無理に言葉に置き換えたなら、言葉そのものの持つ粗雑さゆえに何一つ意味を成さなかっただろう。だからこそ却ってそれは、ずっと記憶から消えずに残っているのだった。

体が次第に痙攣の兆候を見せ始めた。渡辺宏は親指を内側にして強く握り締めた手を信号機ボックスの上に乗せ、視線を上げた。遠くの信号に捕まった送迎バスが、テールランプを点(とも)して停車している。

彼には、今になって初めて分かったことがあった。

それは、ピンク色の溶液が無害であるというのは真っ赤な嘘で、あれは間違いなく毒物だったということだ。五年間ＣＦに勤続したことで、彼の心身は致命的なダメージを負った。その症状が、ここ数日で急激に顕在化してきているのである。どの工員も、今は元気でも時間の経過と共に確実に体調を崩し、次々と倒れていくに違いない。しかし工員達は例外なく弱みを握られているから誰もＣＦを告発せず、自分の中に秘密を抱えたまま黙して死んで行く。そのＣＦの責任をも、工員自身が日々の作業の中で無化しているのかも知れない。だとすれば、自分たち工員は一体何をやってきたのか。

彼は恨めし気に送迎バスを睨み付けた。

結局あの攪拌作業は何だったのだろうか。単に、犯した罪に対する罰なのか。単なる罰ならば刑務所がある。ところがどんな犯罪者も、ＣＦの工員になりさえすれば逮捕されない。それどころかＣＦへの借金を差し引いても七百五十万円ほどの年収と、社会保険、それに行動の自由とが保証されるのである。これは彼らがどうしても、我々のような人間を必要としているということを意味するのではないか。

なぜか？

矢張りピンク色の溶液の攪拌作業それ自体が、ＣＦにとってはどうしても必要な作業としか考えられなかった。最も重要で且つ危険な作業は、放射能の汚染処理に見られるように、その内実とは裏腹に一見誰でも出来そうな簡易な作業に見える場合が少なくない。だとすれば矢張りあの作業は、「責任」を無化するための重要な工程なのだ。「責任」を物質化して、それを処理して蒸発させてしまうなどということが、本当にあり得るのだろうか。しかし彼自身、自分の犯した罪の責任が無化されたことについては、それを現実のこととして確信出来ているのである。

らしい。

「あんた、大丈夫か？」
背後から誰かに声を掛けられた。
見ると顎の下に置いていた手が赤く染まっている。いつの間にか吐血していた
らしい。
「救急車を呼ぶか？」男が前に回って顔を覗き込んできた。口髭を蓄えた中年の
男である。
「大丈夫、大丈夫」渡辺宏は答えた。
「そうかい」口髭の男が言った。
もう自分は駄目だ。こんなことなら怪しいエージェントの誘いになど乗らずに
自首して、真面目に刑期を務め上げて罪を償えばよかったのだ。完全にＣＦに利
用された。しかしまた、刑務所に入ったからとてどうしてそれが罪の償いになる
のか、彼には全く分からなかった。受刑者には食うに困らぬ生活が保証され、刑
務所での健康管理は行き届いている。規則正しい生活と食事のお陰で持病が治っ
たという話も聞く。高齢の受刑者は適切な介護も受けられる。死刑確定囚ならま
だしも、このような恵まれた環境での加害者の服役によって、たとえ無期懲役だ

としても果たして被害者の心が少しでも楽になるだろうか。無期でも三十年務めれば仮釈放の対象となるのである。

　CFのエージェントが言っていたように、もし本当に加害者の責任の消滅が同時に被害者の苦しみの消滅を齎すなら、矢張りCFによる責任の無化を選ぶのが人として正しい選択ではないだろうか。

　頭で考えると、工員としての労働が死への道であることをCFが隠匿していたことだけは許せないことに思われたが、今やその怒りすらもどこか曖昧だった。ましてやCFを告発する気になど毛頭ならない。退職時のあの造影剤に守秘義務を徹底させる薬物が盛られていたのか、それとも矢張りCFの責任そのものも刻々と消えていっているのであろうか。

　その時、テールランプが再び点灯して消え、送迎バスがゆっくりと動き出した。

　自分の責任の消滅のために死ぬのならまだ分かるが、一時間毎に注入口から補充される温かい溶液は、どこの誰か分からぬ他人の責任が溶け込んだ猛毒物質であり、それを延々と攪拌しながら、立ち昇る蒸気を吸い込み続けてきたこの五年間だった。責任の吸着装置として生体肺を利用された挙句、汚れたフィルターのように捨てられたのだとしたら、それは自分の犯した罪に対する当然の報いであるような気もした。

見ると、バスが視界から消えようとしている。

渡辺宏は遠ざかって行くその乗り物を、五年分の思いをこめて見送った。

その時、バスが二倍ほどに膨らんだかと思うとパッと煌いたように見え、次の瞬間彼は爆風に飛ばされてもんどり打ち、地面に頭を打ち付けて意識を失った。

意識が戻った時、彼は口髭の若者の顔と、その背後に流れ去る何本もの蛍光灯の白い光の列とを見た。どこかに運ばれているらしい。この若者はCFの監視員に違いなかった。矢張りずっと監視されていたのである。口髭など蓄えて、いかにもそれらしいところが却って疑われない秘訣なのかも知れないなどと考えている内に、再び意識が薄れていく。

まるで地平線の向こうで喋っているかのような、誰かの声が聞こえている。

その声は少しずつ大きくなり、やがて意味が把握出来るようになった。

「この患者、たっぷりキュウチャクしてますね」

「解毒剤も、大した効果はなかったか」

二人の男が話しているらしい。医者だろうか。

「これだけキュウチャクしてしまうと、まず解毒は不可能ですよ」

「労働期間は？」

「五年です」

「五年か。駄目だな」

渡辺宏はキュウチャクの意味を考え、それは矢張り「吸着」だったかと思った。五年間の吸着。何を吸着させられたのかは訊くまでもなかった。

「はい。まあ、自業自得ですからね」

「ちょっと楽にしてやるか」

「待ってくれ。訊きたいことがあ……」

渡辺宏がそう言い掛けた時、上から鉄の山が落ちてきたかのように、彼にとっての世界は問答無用にドンッと消え失せた。たとえば一億円を強奪してその金をＣＦに支払っていれば労役抜きに責任は無化されていたのか、というのが彼の訊きたかったことであったが、犯罪者達のそんな試みは彼が問い質すまでもなく既に数多く存在していた。

もし訊かれたら、医師は恐らくこう答えたであろう。

「簡単に言いますが、一般の人間が大金を強奪しようとしたってそう易々とは成功しませんよ。たとえ人の命を殺めたことがある人間でも、泥棒となるとそれなりの技術と経験が要りますからね。そもそも一億円を盗んだ責任の無化はどうするおつもりですか？」

「では訊くが……」

渡辺宏には既に意識はなかったが、その体にはまだまだ多くの目に見えぬ問いが纏わり付いているかのようだった。

「……あんた達は何者なんだ？　単なる一般企業じゃないだろう？　政府なのか？　国なのか？　犯罪者が逮捕されない仕組みを、国民に内緒で一体どうやって作った？　法律とか、どうなってる？　この国は法治国家じゃないのか？　俺は実験台にされたのか？　それとも道具として利用されたのか？　ＣＦの作業場は、新種の刑務所なのか？　俺の罪は矢張り極刑に値したのか？　裁判はどうした？　弁護士は？　裁判抜きに勝手に判決を下して、五年掛けてゆっくりと死刑を執行していたというのか？　それは殺人ではないのか？」

するとと渡辺宏の顔をじっと見下ろしていた医師がふと視線を上げ、看護師の方を向いて小さく頷いた。看護師もそれに頷き返すと、彼らは夫々のマニュアルに基づいて必要な仕事を片付け始めた。

三十二〈高梨恵〉

爆弾テロの首謀者として森嶋由紀夫が指名手配されたことを、高梨恵はテレビのニュースで知った。警察の聞き込みはしつこいだけで要領を得ず、それが嫌で「キンセンカ」は辞めてしまった。テレビ画面に映し出された顔写真は極めて不鮮明で、一見しただけでは森嶋由紀夫だと分からないような代物である。こんな写真しか入手出来ないほど警察が無能ならば、彼は無事に逃げおおせられるのではないかと、一瞬そんな気持ちが高梨恵の心を過ぎった。森嶋由紀夫はこの先自分を頼ってくれるだろうか。それとも、頼るべき他の場所を持っているのだろうか。アパートも早々に引き上げてしまいたかったが、もし彼が頼ってきたら却って探す手間を取らせることになるかも知れない。そんなことを思いながら、彼女は何度も彼と一緒に寝た布団のシーツをゆっくりと撫で回した。

するとと、あの日公園で彼を引き止めた時の記憶が甦ってきた。

「話があるの」

「何や？　もう行かんと」

「お願い、聞いて」

公園にはジョギングをしている人間が何人かいて、二人の脇を定期的に走り抜けて行った。森嶋由紀夫はその時、自分の夢に向かって突き進む男が往々にしてやりがちな、女を馬鹿にしたような視線を投げ掛けてきた。

彼女はその瞬間に腹を決めて、長い間胸の奥に閉じ込めていた言葉を一気に吐き出した。

「あの大男は私の父母を殺したの!?」

すると彼の瞳が倍の大きさになった。

「野崎道太郎のことか？」

「そうよ。由紀夫はそれを知っててわざと私をあの男に接近させたの？」

「だとすれば何やっちゅうねん？」

「もしそうなら、はっきりそうだと言って頂戴！」

森嶋由紀夫が一瞬、あの焦点の合わない目になったのを彼女は見た。

「そや」彼が言った。

「わっ！」高梨恵は落ちるようにその場にしゃがみ込み、手で顔を覆って泣き出した。

「お前の頭が壊れると思うて黙っとったんや」

彼は地面に唾を吐いた。彼女の涙目の中に、草色をした唾が滲んだ。

「だって私をW村に連れて行ったら、そう言ったも同じじゃないの！」

「犯罪被害者のお前の心に火を点けようと思てしたことや。しかし当時のお前はまだ三つや。二十五年前の男の顔なんか覚えてるわけがないと思たんや」

「顔なんて覚えてないけど、大男だったことは覚えてるわ！」

「野崎道太郎に会うて、他にも何か思い出したんか？」

「何も思い出せないからこうして訊いてるんでしょう！」

「あいつはお前の親を殺した極悪人や」

森嶋由紀夫は腕時計を見た。

「そしてその責任をまんまと無化しよった。そんなことをする野崎道太郎やＣＦを、お前は何とも思わへんのか！」

「思う！」

「なら、それでええやないか。あとは俺に任せとけ！」

そう言い捨てると、森嶋由紀夫はその場から駆け出した。

その背中に向かって彼女は叫んだ。

「私は由紀夫にとって何なの！　イチゴやブドウじゃないのか⁉」

しかし彼は彼女に背を向けたまま手を振って「任せとかんかい！」と叫びながら、公園の植え込みの陰に姿を消した。高梨恵は地面にしゃがみ込んだまま泣き続けた。

すると彼女の髪の毛を、何かがスッと掠めていった。見るとジョギングコースの真ん中にいた彼女の肩に、ジョギングパンツが擦れるようにわざとスレスレのところを走り抜けて行った一人の老人の後ろ姿が見えた。

「何なのよジジイっ！」彼女は叫んだ。

するとその老人は森嶋由紀夫と同じように後ろ向きのまま片手を上げて、「ごぼう！」と言って走り去って行った。イチゴでもブドウでもなく、あんたは牛蒡(ごぼう)だと言いたかったのだろうか。確かに貧相な体だが牛蒡はないと思い、彼女は老人の頭を狙って石を投げたが届かなかった。

アパートの部屋に午後の陽が射している。

森嶋由紀夫がこの先どうなろうと、もうあんな書けないボールペンに用はない、そう考えようと高梨恵は努めた。

野崎道太郎が爆死したことは、被害者全員を実名報道した新聞をチラッと見ただけで確認出来た。

四半世紀の間彼女を苦しめ続けてきた巨大な心のブロックは、松前清和の持ち込んだ爆弾によって木っ端微塵に破壊されたのである。

松前清和の名で検索すると、被害者の一人として高校の卒業アルバムの顔写真がヒットした。クラスに馴染めていなかったことが一目で分かる翳(かげ)のある顔だった。彼も既にこの世にいないのだと思うと、不思議な気持ちになる。

彼女は暫くの間、夕陽に染まる窓ガラスを眺めた。

「お父さんお母さん、仇（かたき）を取ったよ」

彼女はそう呟いて指で目尻を拭うと、短い髪を輪ゴムで引っ詰めにしてダンボール箱を組み立て始めた。部屋には、引越し業者から取り寄せた十枚のダンボール箱が積まれている。彼女はこのアパートを引き払い、W村に帰るつもりでいた。村には遠い親戚と両親の入っている先祖代々の墓がある。ひょっとすると「こひつじ園」の先生や仲間にも、今の自分なら会うことが出来るかも知れないと思った。

と、高梨恵は急に作業の手を止め、部屋の隅の一点に視線を固定した。そこには延長コードのプラグが差し込まれたコンセントがあったが、彼女が見ているのはそれではなく、コンセントのある壁の向こうの虚空に蠢く黒々とした不気味な渦の片鱗だった。それは彼女の心の中から消えた筈の二十五年前の恐ろしい記憶の渦巻きで、ゆっくりと移動しながらその全貌を現すに連れて、以前に見たものより遥かに巨大な化け物になっているのが分かって、彼女は驚いたように大きく顎を引いて両目を見開いた。

渦の中に苦悶する両親の顔が現れた瞬間高梨恵は飛び上がり、財布の入ったウエストポーチを腰に巻いてアパートを飛び出した。アパートの前で、白い作業着を着た漬け物工場の工員と鉢合わせした。その若者は煙草を吸っていて、彼女の顔から爪先までを一瞬の内に目で舐めてから視線を逸らせた。彼女は逃げるようにして駆け出した。今にもアパートの壁の向こうから、黒い渦巻きが追い掛けてくるような気がして、どこでもいいからもっと沢山人がいる明るい場所に行かなければと思った。

駅まで走って、当てずっぽうに電車に乗った。

車両には通勤客や学生や老人、女達がいて、スマートフォンに見入り、日常的な会話を交わし、目を閉じ、彼女の方をチラッと見てから読書に戻ったりした。彼女はドアに凭れて窓外を眺めた。「お化け煙突」の航空障害灯は、まだ点っていなかった。夕焼け空がいつもより赤い。ふと、このまま行くと帰りは夜になってしまうと思った。アパートにはまだ戻る気になれなかったが、暗くなってから戻るのはもっと嫌だった。

急行停車駅に停車した時、高梨恵は電車を降りた。

プラットホームからのエスカレーターを上ると、何軒かの店があった。起きてからチョコレートしか食べていない。彼女は立ち食いそば屋に入り、券売機で天ぷらそばの食券を買った。会社帰りの男達に交じって最後の一滴まで汁を飲み干し、冷たい水を飲んで店を出た。額に汗をかいていた。腹が満ちたためか気分が少し上向いて、行き交う人々の顔も幾分か穏やかに見えた。彼女は人の流れに身を任せて改札から外へ出た。風に吹かれて汗が引いたら、すぐに引き返そうと思った。

駅前ロータリーには十台ほどのタクシーが客待ちをしていて、路線バスがゆっくり旋回していた。数人の小学生が募金を呼び掛けている。普段なら無視して通り過ぎるところだったが、この時、彼女は何となく協力してみたい気になった。内戦や紛争によって障害を負った子供達を支援するための募金である。四つの箱全部に順番に小銭を落とした。その度に都合四回「有り難うございます！」と言われ、最後には彼女も笑顔になった。

ビルの谷間から、この日最後の夕陽の欠片が覗いていた。

人々の影が長い。

「加害者も被害者も、共に楽になります」

真っ直ぐに夕陽を見詰めながら宗教の勧誘らしき人々の前を通り過ぎようとした時、その声が、うなぎか何かのように彼女の耳にツルッと滑り込んできた。

「楽になりますよ」

還暦過ぎぐらいの女が彼女に微笑み掛け、その横にいた四十歳ぐらいの女も同じような微笑みを浮かべて高梨恵を見てきた。他にも二人の女性がいて、CFのロゴマークの幟の下で、道行く人にリーフレットを配布しながらひたすら「楽になりますよ」と声を掛けている。

「豊崎和子と申します。是非お読み下さい」

その還暦女に手渡されたリーフレットには「どうしても誰かを赦せなくなった時に」と書かれていた。裏を見るとCFのロゴマーク。高梨恵はその時、いかにも自信たっぷりな豊崎和子という還暦女と、いかにも楽になりましたと言わんばかりの四十女の双方の顔に泥を塗ってやりたい、という残酷な衝動を覚えた。彼女達が何を言い出すかは、全て予測がついた。

「どうやったら、非道な人間を赦せるんですか？」

ＣＦに関して全くの無知である風を装ってそう訊くと、豊崎和子は浮きが海中に引き込まれた瞬間の釣り人のような顔になった。

「それには方法があるんです」

「どんな方法ですか？」

「あなたは、苦しんでおられるのですね？」

「だとしたらどうなんですか？」

「彼女は最近、十歳の愛娘を交通事故で亡くされました」

豊崎和子は、四十女の腰の辺りに優しく手を添えて、少し前に押し出すようにした。

「加害者は車の性能のせいにして過失を認めていません。高齢ですし、このままでは不起訴になるでしょう。彼女を始めとして、遺族の悔しさはいかばかりでしょうか。その苦しみは第三者にはとても計り知れません」

四十女の目が見る間に潤んできた。きっと近所で起こった、暴走車が下校中の児童の列に突っ込んだあの事故の被害者なのだろう。そんな目で見詰められると高梨恵は臆するしかなく、その気持ちはよく分かると思った。

「でも今、彼女は楽になっています。だよね？」

「はい」四十女は笑みを浮かべた。

「憎しみというのは、加害者の責任をどこまでも問おうとする心から生じるものです。しかし彼女はその軛（くびき）から自由になったのです」

「どうやって？」

「平野京香さん、答えて差し上げて」

「はい」

平野京香は高梨恵の前に一歩進み出て言った。

「それは、人の犯した罪を人が裁くことは決して出来ないと知ったからです。人間にはそんなことは出来ませんし、してはならないと分かったのです」

「どうやって分かったんですか？」

「突然分かったんです」

「どういうことですか？」

「それは、人間を超えた力の作用によるものです」豊崎和子が答えた。

「あなた達の神様のことですか？」

「いいえ、私達は宗教ではありません。科学に立脚したシステムの話をしています。平野さんの心は、絶望のドン底で砕け散りました。しかし彼女の心は、ＣＦのシステムによって再生したのです」

　忽ち話が胡散臭くなり、高梨恵は顔を顰めた。

「そのＣＦのシステムって何なんですか？」

「加害者と被害者とを憎しみの絆で繋ぐ『責任』を消滅させるシステムです」

「そうですか」

　高梨恵は思った。もしこの女の言う通りなら、野崎道太郎はＣＦでの労働によって責任を無化し、その結果自分の苦しみもとっくに無くなっていなければならない筈である。しかし彼女の苦しみは少しも減ってはいないのだ。それはこのシステムが嘘っ八だからではないのか。

　彼女は忽ち興味を失い、立ち去り掛けた。

　すると豊崎和子が言った。

「人はいつ加害者になるかも知れません」

高梨恵はその話は自分には関係がないと思ったが、次の言葉を聞いて思わず足を止めた。

「先日爆破テロに遭ったCFの送迎バスに、私は一人の若者を乗せてしまうという罪を犯しました」

「………」

「その若者は、新しい仲間でした。私が誘ったのです。彼は今、人工呼吸器によって辛(かろ)うじて生きていますが、きっと長くはもたないでしょう。彼がそうなったのは、私のせいなのですよ。私は今、深い悲しみの中におります」

「それでも、楽は楽なんですよね？」

「はい」

「あなたは自分の責任を消滅させるために、CFのシステムを利用したんですか？」

「いいえ。平野京香さんと同じく、私もCFのシステムを直接には利用していません。しかし今や、何か悲劇が起こると加害者がCFを利用し、それによって被害者が救われるという好循環が漸くこの社会全体に浸透しつつあります。私達もその恩恵を受けているのですよ」

「あなたは自分は罪を犯したと言ったじゃありませんか。加害者じゃないんですか？」

「いいえ、私は何も知らなかったのですから、寧ろ被害者の一人と言ってもいいかも知れません」

「人をそんな目に遭わせておいて、自分だけ楽になるなんて、それはどういう信仰なんですか？」

「何度も言うようですが、これは信仰ではなくシステムなんです。そして私だけでなく、生死の境の中にあって彼もまた楽になっているのです」

「そんなことは、直接訊いたわけではないんだろうし、分からないじゃありませんか」

「いいえ、分かります」

「どうやって分かるんですか？」

「それが信仰や観念などではなく、純粋な物理現象だからです。失礼ですが、今のあなたはＣＦの助力が必要なのではありませんか？」

高梨恵は豊崎和子と平野京香の顔をしげしげと見て、言った。

「失礼します」

そしてフイッとその場から立ち去り、駅へと引き返した。

その背中に豊崎和子の声が飛んできた。

「お金がなくても、道はありますから！」

高梨恵は改札に入ってゴミ箱の中にリーフレットを滑り込ませ、通勤通学客でごった返しているコンコースを歩いた。こんなふざけたシステムを森嶋由紀夫がぶっ壊したくなる気持ちが今ならよく分かる、と彼女は思った。

帰宅を急ぐ人々の群れは皆それぞれの物語を抱えているのだと思いながら、プラットホームへの階段を下りていた時、彼女の背後から「何だよ！」という声がした。彼女の体にぶつかるようにして、背の高い若者がプラットホームに滑り込んできた電車に向かって階段を駆け下りて行った。それは高梨恵が、手摺りを握ったまま階段の途中で立ち止まったからだった。その後も次々と彼女の脇を、その電車に乗りたい人々が通り過ぎて行った。

彼女は、自分の足が動かなくなっていることに気付いた。それは不意に心が、本当に自分は両親の仇を取ったのだろうかという疑問によって凍り付いたからである。

彼女の両親が殺された二十五年前、野崎道太郎は恐らく三十歳ぐらいだったろう。彼が何らかの理由で凶行に及び、その殺人の責任をＣＦによって無化させたという森嶋由紀夫の言い分は、果たして本当だろうか。彼女が会った野崎道太郎は二メートル近い大男で、それは三歳の時に見た犯人の記憶と重なり、しかもゾッとさせるような狂った衝動のようなものを隠し持っていると感じた。その印象と、森嶋由紀夫の「あいつはお前の親を殺した極悪人や」という言葉によって、彼女は野崎道太郎が犯人だと信じた。しかし、彼がＣＦによって無化しなければならない過去を持っていることは間違いないとしても、そしてそれが理由でＣＦで働いていたのだとしても、それが彼女の両親を殺したということとどう結び付くのか全く分からないことに彼女は気付いた。森嶋由紀夫は、言葉の裏付けとなる証拠を示したわけではない。ひょっとすると自分は、ただ彼の言葉を信じたかっただけなのではないのか。

高梨恵はウエストポーチからスマートフォンを取り出し、震える指で操作した。

電車から降りてきた人々が、プラットホームから次々に階段を上って来てわざとのように肩に当たっていったが、スマートフォンの画面をじっと見詰めたままの彼女は、その場から一歩も動けなかった。その画面には、ＣＦのホームページの会社概要が表示されていた。そこには、この会社の創業が十五年前であると記されていた。彼女の両親が惨殺された時、この世にＣＦという会社は影も形もなかったのである。森嶋由紀夫が彼女に仕事の話を依頼した時、彼は野崎道太郎が「数年前からＣＦで働いている」と言った。野崎道太郎とＣＦとの関わりがほんの数年前なら、彼が二十五年前の両親の殺害の犯人であるという確たる証拠を摑まないかぎり、自分は恐ろしい間違いをしてしまったことになるかも知れない、と思って彼女は戦慄した。

更に画面を操作し、それまでずっと見ることを避けていた情報を彼女は見た。

「ＣＦ送迎バス爆破テロ事件。死者二十八名、重軽傷者数五十九名の大惨事」

アパートの壁の向こうの虚空に片鱗を見た巨大な渦の、これがその正体だったのだとその時分かった。

野崎道太郎が本物の犯人であろうがなかろうが、そして彼が最近になってＣＦ

を知り、ずっと以前の自分の罪を無化しようとしてCFで働き始めたのが本当だったとしても、そんなことよりもっと遥かに重大なことがあったのだ。これほどの被害者を生む爆破テロ事件を事前に知っていた人間、そしてそれを止められる可能性があった人間は、この世界でただ自分一人だったということ。多くの命が救えた筈のチャンスを、身勝手な動機から見す見す手放してしまったこと。

このこと以上に重大な罪があるだろうか。

「人はいつ加害者になるかも知れません」という声が頭の中を駆け巡った。

高梨恵はハッとして咄嗟に手摺りにしがみ付いたが、体を支え切れずに腰を落とし、その場に両膝を突いた。

まだ多くの人が行き交っていたが、酔っ払いにでも見えるのか、誰一人彼女に声を掛ける者はいない。

彼女は階段の最上段を見上げた。

階段は急峻で、上へ行くほど大きく反り返っているように見え、上り下りする人々の姿は巨大な岩がゴロゴロと往ったり来たりしているかのようだった。高梨恵は手摺りを握って重い体を懸命に引き上げようと試みた。どうしてもさっきの場所まで引き返さなければならない。彼女は辛うじて立ち上がると、ゆっくりと階段を上り始めた。プラットホームへと下りて行く沢山の人々が、まるで彼女を断罪するかのように睨み付けていく。階段の一番上まで上り切り、彼女はコンコースの窓にしがみ付いた。窓ガラスの下に、ＣＦの女達が一生懸命リーフレットを配っているのが見える。この瞬間、高梨恵は彼女達がＣＦを信じようとしている理由がはっきりと分かった。

ＣＦは必要なのだ。

ただそれだけのことなのだ。このまま黙っていれば、誰も自分の罪に気付くことはないかも知れない。しかしその罪をＣＦによって清算出来るとすれば、それを利用しない手があるだろうか。罪深く後ろめたい人間と、救われたい人間とがＣＦのシステムを媒介にして均衡を保ち、その結果莫大な資金がＣＦという巨大企業に流れ込んでいくとしても、一旦成立したこのシステムに後退は有り得ず、寧ろどこまでも肥え太っていく道しかないのだと彼女は思った。なぜなら人間である限り、どんなに細心の注意を払っても誰もが多かれ少なかれ罪を犯すことから免れ得ず、その結果生じた責任を無化出来る道が存在する以上、それを利用しないことこそ最大の罪になってしまうからである。

彼女は階段を下りて改札を出ると、真っ直ぐにＣＦの幟を目指した。

彼女に気付いた平野京香が笑顔で頷き、豊崎和子が両手を差し出してきた時、高梨恵はこの先自分はＣＦのシステムを信じ、これを支える人間の一人になることを自分に課そうと決意した。死傷させてしまった人々及びその身内や関係者の絶望を、この先ずっと自分一人で背負っていくのは絶対に不可能に違いない。生きるために何としても後ろめたさを消すのだ、と高梨恵は思ったのである。

三十三〈宝月誠仁〉

ＣＦ本社の東雲御所が夕陽に赤く染まっている。

菅原哲明社長は、東雲御所の会議室で行われたＣＦ広報戦略会議の後、室長の宝月誠仁に「ちょっと残れ」と声を掛けた。テーブルの片付けをする社員が灰皿を一つだけ残して引き払うと、菅原哲明社長は窓のブラインドを開き、ビル群から抜きん出たＣＦのビルを見ながら口を開いた。

「著作は順調か？」

「はい。予定通り進んでおります」

ＣＦのビルの背後を、旅客機がゆっくりと過ぎっていくのが見える。

宝月誠仁はそう答えたが、実際は『あなたと被害者とを共に楽にする道～罪を犯してしまった人へ』と『菅原哲明自伝』の二つは辛うじて間に合わせられるものの、『悪の実相～責任という名の呪縛』に関してはかなりの遅れが生じていた。原稿は書いたその都度送信させられており、菅原哲明社長は進捗状況の遅れを知った上で訊いているのかも知れなかった。宝月誠仁は頭の中で即座に執筆計画を組み直してみたが、矢張り『悪の実相～責任という名の呪縛』は数日遅れる計算になる。菅原哲明社長には、何をきっかけに癇癪玉(かんしゃくだま)を爆発させるか分からない予測不能なところがあった。今の内に謝罪しておいた方がよいと思って口を開き掛けた時、菅原哲明社長の言葉に遮られた。

「さっき山口邦武が死んだよ」

「え？」

「正確に言うと、殺されたのだ」

「誰にでしょうか?」

「事故の被害者の親族だよ」

「………」

「どうかしたか?」

「C国の方は大丈夫でしょうか?」

「ああ、心配ない。君のお陰で我が社もC国進出だよ。ほっほっ」

菅原哲明社長は顎を二重にして笑いながら、宝月誠仁の顔をジロッと見た。宝月誠仁は顔の引き攣りが悟られないように努めた。どういうやり口かは知らないが、山口邦武が易々と一般市民に殺されることは有り得ない。彼の死の背後には別の力が働いたに違いなく、それはC国絡みのものかも知れなかったがCFの可能性の方が断然高いと思われた。

「送迎バスの爆発と、交通事故を起こした上級国民の死。これを使って我が社への疑念を一定程度解消しておけ」

「分かりました」

菅原哲明社長は手を後ろに組むと、窓際をゆっくり歩いた。

「C国の『人道に対する罪』は、本当に消えるんでしょうか？」宝月誠仁はそう言ってから、しまったと思った。

「何だと？」菅原哲明社長は足を止めて宝月誠仁の顔を見た。

「いえ、その、何と言うか、あれだけ大規模なアリート人へのジェノサイドの責任を無化するとなると、かなり大変かと」

「何を言ってる？」

「済みません」

　すると菅原哲明社長は急に会議室の中を動物園の熊のように歩き回り、滔々と語り始めた。

「この世は金だ。だが、金とは何だ？　金とは信用だ。では信用とは何だ？　信用とは全ての人間が同じ虚構を信じるということだ。分かるか？　紙幣は紙切れで電子マネーには実体がない。金というものは虚構に過ぎぬ。だがこの虚構は絶大な力を持ち、現実に世界を動かす。我が社の『商品』もこれと同じだ。責任は物質化され、そして無化される。そのことを全ての人間が信じた時、それが現実となり、我が社は世界に冠たる企業になる。C国など序の口に過ぎん。このプロジェクトの偉大さが分かるか広報戦略会議室長」

「はぁ」宝月誠仁は曖昧な返事をした。

「C国はジェノサイド条約を批准しているにも拘わらず、彼らのアリート人への行為は明らかにジェノサイド条約に違反している。国連は調査団の受け入れをC国に要請しているが、本心では例によってC国になど全く関わりたくないと思っている。国連という機関は、昔からジェノサイドにいたって消極的なのだ。安保理事会など永遠に一つにまとまるわけがないからな。従ってC国の責任が無化されるなら、それは国連にとっても願ったり叶ったりなわけだ。C国のみならず世界中全ての紛争国、紛争地域に於いて、自分たちの手を一切汚すことなく一挙に問題を処理する方法を国連はずっと切望してきたが、その魔法の杖こそ我が社の『商品』であることに彼らは漸く気付いたということだ。従って国連はこの先、CFの『商品』を世界中の国にプッシュする。なぜなら、一国でも多くの国が信じれば信じるほど我が社の『商品』の効力は増すのだからな。一旦『商品』を手にした国は、従って極力他国を引き込もうとする。多くの国がこの流れに同調するだろう。C国もこの流れの中で我が社の『商品』を買ったのだ。君には言ってなかったが、山口邦武の出る幕などとうに終わっていたのだよ」

「そうでしたか」

「そういうことだ」

宝月誠仁はふと、セリグマンがプレゼントされると知った時の山口邦武の子供のような笑顔を思い浮かべた。

「しかし中には相手国の責任無化を不都合に思う国もある」

「はい」

「戦争や制裁の口実は、常に必要なカードだからな。その辺りの駆け引きが、またこのゲームの面白いところだ」

「左様ですね」

菅原哲明社長が漸く静かになった時、宝月誠仁はドッと疲れを覚え、暫くの間窓外のビルの航空障害灯の点滅をぼんやり眺めた。

「ところで溶液で健康になるというストーリーがあったな？」

不意に訊かれてハッとした宝月誠仁は、慌てて端末を取り出した。

「三百七十八番ビルのストーリーです。溶液は免疫機能を賦活化して寿命を十年延ばす、です」

「結果は？」

「予想以上で、癌が消えた者も七名おります」

「そうか。それと反対のもあったな」

「一番です」

「あれか」菅原哲明社長は窓外のCFのビルを見遣った。全国六百六十六あるCFのビルには、本社に近いビルから順に番号が付されている。

「どんなストーリーだ？」

「約五年の吸着で人体は致命的なダメージを受ける、です」

「五年目の工員はいるのか？」

「はい。十四人います」

「どうなった？」

「十三人は死にました」

「ほう。死因は？」

「心筋梗塞四名、誤嚥性肺炎二名、脳梗塞二名、自殺二名、餓死二名、事故死一名です。十四人目は追跡中です」

宝月誠仁は端末を見た。十日前に、渡辺宏という元工員が送迎バスの爆破現場近くで収容され、一号ビルのメディカルフロアでバイタルチェックと再洗脳を受けた後、再び放免されている。この男が死ねば、百パーセント、ストーリー通りの結果が出たことになる。

「他には?」

「五年未満の四年目や三年目の工員でも、かなりの不調を訴える者がおります」

「割合は?」

「四年目で四十二パーセント、三年目で三十七パーセント、それ以下でも二割は超えています」

菅原哲明社長は頷きながら顎の肉を引っ張った。

「ストーリーを絶やすな」

「分かりました」

「ところで確か、CFに潜入して溶液を持ち帰って解析した雑誌記者がいたな」

「はい。しかしあれは問題ございません。溶液が無害という事実に対して大衆は関心など示しませんから。その分、様々な溶液有毒説を流しております」

「煙に巻く、か」

「はい」

　インターネットでCFについて調べれば調べるほど無数の情報が次から次へと湧いて出て、それによって積み上がったCF像が自重によって絶えず崩壊するよう、真偽定かならざる新情報を不断に注ぎ続けるのが広報戦略会議の中心任務であった。全国六百六十六のCFのビルはそれぞれに固有のストーリーが割り当てられ、工員はその職場独特の文脈とサブリミナル効果とによって洗脳されてCFについての多種多様なイメージを人口に膾炙させていく。工員に守秘義務を徹底させればさせるほど、秘密は漏れていくのである。これによってCFの正体は益々分からなくなり、不思議なことにそれに連れてCFの信頼性は逆に高まっていくのだった。

「宝月君」

「はい」

「君は溶液を飲んだことがあるかね？」

「いいえ」

「そうかね」

宝月誠仁は厭な予感を覚えた。

「七十歳の誕生日に合わせて、きっちり百二十冊だよ」

「はい」

そう言うと、菅原哲明社長は会議室から出て行った。

宝月誠仁はすぐに煙草を取り出すと深々と一服し、掌で汗ばんだ額を拭いながら窓外に目を遣った。

差し当たっての焦眉の急は執筆である。当面の三冊を揃って期日に間に合わせようとすれば、睡眠時間を極端に削るしかない。何としてでも今夜中に『悪の実相〜責任という名の呪縛』を第五章まで書き上げなくては大変なことになる、と彼は思い定めた。

三十四〈平野明〉

平野明が帰宅すると、妻の京香が玄関に出迎えて「浩子さんと翔君が来てるのよ」と言った。平野明は頷き、洗面所で手と顔を洗ってから居間に姿を現した。

「お邪魔してます。翔が、綾乃ちゃんの月命日だからお線香を上げたいって言うから」

「それはどうも」

居間の香りは、コーヒーと線香とが混じり合ったものだった。テーブルの上には飲み干されたコーヒーカップとフォークの乗った平皿が三つずつ置かれている。

「俺もコーヒー貰おうかな」平野明は京香に言った。

「フルーツケーキも要りますか?」

「いや、コーヒーだけでいい」

座布団に腰を下ろした時、平野明は、野崎浩子と野崎翔が自分を見る目に何か好奇の光のようなものが煌いた気がした。

「お仕事は忙しいの？」野崎浩子が訊いた。

平野明は京香からコーヒーカップを受け取り、一口飲んでから答えた。

「いや。そうでもない」

京香の顔をチラッと見ると、小鼻が微かに痙攣したように見えた。

ボリュームを絞ったテレビの画面に、ＣＦの無言のＣＭが映っている。

と、突然翔が「あ、動いた！」と叫んだので、全員がテレビ画面を見た。いつもは静止しているだけの画面の右下のＣＦのロゴマークがカクカクと震えていたのだ。こんなことは初めてだった。今日のＳＮＳは、間違いなくこの話題で持ち切りだろう。振動は僅か数秒間で終わった。翔はとても興奮し、目を輝かせて平野明の顔を見た。そこには明らかに尊敬の念が籠もっていた。そもそも翔は、野崎道太郎の勤務先を毛嫌いしていたのではなかったか。そう言えば、野崎浩子も以前とは全く違う目で自分を見てくる。少なくともそこに軽蔑の色はなかった。この母子は知っているのだ、と平野明は直感した。ならば京香が言ったに違いない。

平野明はコーヒーを飲み干した。

仏壇で、綾乃の遺影が笑っている。

元外務省事務次官山口邦武が脳梗塞で病死したと報じられてから、十日以上が経過した。山口邦武の死に関しては恨みによる他殺説も依然根強く、事故の責任がCFによって処理された上での他殺となれば、CFの処理能力そのものに疑念が生じ、この件はスキャンダル好きの大衆の格好の餌食となっていた。

「じゃあ翔、もう一度綾乃ちゃんに手を合わせて。帰るわよ」

野崎翔は仏壇の前に正座し、鈴を鳴らして手を合わせた。野崎浩子もその後ろで合掌している。平野明は野崎浩子のストッキングの中の足指を一瞥し、記憶に留めた。

「浩子さんの目、ちょっと厭だった」

野崎母子が帰ってから、京香がそう言った。

「何が？」

「彼女のあなたを見る目」

「どんな目だ？」

「何か、意味ありげな」

「お前が何か言ったからだろ」

「何も言わないわ」

「嘘を吐け。俺のことを話しただろ」

「いいえ」

平野明は妻の大きな目を見た。

「話してないのか？」

「話してないわ」

「翔にもか？」

「翔君だけにどうやって話すのよ」

「そうか」

「言わなくても感じるのよ」

「…………」

「特に子供は」

平野明は台所に立ち、冷蔵庫からビールを取り出して立ったまま飲んだ。するとお盆にコーヒーカップや皿を乗せた京香が台所にやってきた。そしてテーブルの上に盆を置くと、平野明の背後から抱き付いてきた。

「私もあなたを誇りに思ってる」京香がそう言って、背中に顔を押し付けた。

平野明は台所から居間の仏壇を眺め、缶ビールを呷った。


バスは一目見て新しく、前後にははっきりとそれと分かる監視カメラが備わっていて、遠隔操作しているのか、よく見るとカメラレンズが微妙に動くことがあった。乗り込んでくる乗客は、男ばかりで全部で十人ほど。中には頭や手に包帯を巻いている者もいる。誰も喋らず、沈鬱な表情の彼らに交じってバスに揺られた。

建物の前では、多くのバスが社員を次々に吐き出していた。回収ボックスに回数券を入れてバスを降り、ロビーの大型エレベーターの列に並ぶ。カードリーダーにパスを翳してエレベーターに乗り込み、三十八階で降りると更衣室で作業着に着替えた。男性工員だけで三百人いるが、十分な広さが確保されていて大きな混雑は見られない。虹彩認証を受けて作業場に入ると、いつもの匂いに一瞬息が止まった。

壁にぶら下がった攪拌棒を手に取り、平野明は広い床面一杯に広がったピンク色の溶液を混ぜながらゆっくりと移動した。この溶液の中に、自分自身の責任も溶け込んでいるのだろうか、と彼はいつも疑問に思うことをこの日も考えた。

妻の京香が第十八細胞チーフの豊崎和子と一緒になって進めてきた計画を初めて聞かされた時、平野明はこの二人は狂っているのではないかと思った。しかし綾乃の不憫さを何度も強調され、説明を聞く内に、CFのバックアップを受けているというこの計画を実行しないことの方が寧ろ罪なのではないかと思うようになった。段取りは全てCFによって準備され、彼が行うのはCF本社の東雲御所の専用道路を、特定の区間、車で走り抜けるだけということだった。それで目的は遂げられるという。驚いたことに、用意された車はセリグマンだった。乗車してみると最高の乗り心地で、平野明は思わずアクセルを踏み込み、空を飛んでいるかのような軽快な走行を束の間愉しんだ。カーブを曲がった先で一人の老人が道路を横断しようとしているのが目に入った時、イヤホンから「あれが山口邦武です」と声がした。その瞬間脳裡に綾乃の顔が浮かんだが、彼は反射的に目一杯ブレーキを踏み込んだ。故意に轢(ひ)き殺すなど、とても出来ることではなかった。

しかしその瞬間彼の背中は強いGによってシートに押し付けられた。猛然と加速したセリグマンのフロントグラスに飛び込んでくる山口邦武の歪んだ顔面を見て、思わず目を閉じる。フロントグラスに激突音がして、目を開けると太い血の条(すじ)を残して山口邦武の体が後方へと飛び去っていくところだった。平野明はサイドブレーキを引いて停車させると、エンジンを切った。サイドミラーに、有り得ない方向に膝関節が捻じ曲がった山口邦武の姿が映っていた。するとイヤホンから「ミッション完了です」という声がした。それと同時に「大金を払うよりＣＦの工場で働いたら？　勤務期間も通常の十分の一、半年間でいいそうだから、転職なさい」という豊崎和子の声が頭の中に甦った。確かに今の会社で何事もなかったように平然と勤務し続けるには、この出来事は余りに重大過ぎた。

平野明はハンドルに額を押し付けた。

暫くして顔を上げ、「そうした方がよさそうだな」と呟いた彼の額には、セリグマンのハンドル特有の格子文様がくっきりと刻まれていた。

最初は酷く落ち込んだものの、ＣＦで働き始めてからは気持ちも徐々に落ち着きを取り戻してきた。ＣＦが山口邦武の死をどのように脳梗塞となし得たのかは謎だったが、その程度の工作はこの巨大企業にとって容易(たやす)いことに違いない。収入も前の仕事と比べて遜色はなかった。世論が山口邦武の死を当然のこととして受け止めていることも心の支えになっている。上級国民とＣＦとの癒着疑惑は山口邦武の死によってある程度解消され、ＣＦの狙いはここにあったのだなと納得がいった。半分はまんまとＣＦに利用された格好だったが、こちらもＣＦを利用した面がなくもない。綾乃の死に対しては努めて平静を装ってきたが、実際には彼は山口邦武に対する怨恨で胸が張り裂けそうな日々を送っていたのである。豊崎和子の影響を受けた京香だけが精神的に楽になっているらしいことにも内心許せないものがあったが、ここに至って夫婦は初めて同じ安寧を得たと言ってよかった。平野明は今なら、京香の内心の変化がよく分かるような気がした。つまりＣＦのように、犯罪行為の責任の無化を確約してくれるような圧倒的な機関が現実に存在するだけで、人はそれを心の底から信じて楽になることが出来るのである。ＣＦが存在するまでは犯罪責任はいつまで経っても消えず、被害者も加害者も一生苦しみ続けなければならなかった。それがＣＦの存在によって激変したのである。

溶液の攪拌作業は健康に悪いという噂を聞いたが、半年なら大したことはあるまいと思われた。他の工員に比べて自分はまだ恵まれた方なのだろうと彼は思った。攪拌作業の無意味さにはどこか禅の作務に似たところがあり、ここで暫く精神を安定させるのも悪くないと考えるようにしている。

　京香が言うように、自分が父親として綾乃の仇を取ったことを野崎翔が直感したとすれば、彼は本気で綾乃に惚れていたのだなと平野明は思った。あの少年は綾乃に何かちょっとした悪戯をした可能性があるが、よく考えると好きな女の子を想う少年というものは、多かれ少なかれそういうものなのではあるまいか。彼自身にもいささかの覚えがある。綾乃もきっと野崎翔のことが好きだったに違いない。

　作業場の高い天井を平野明は仰いだ。

　綾乃の顔が天井一杯に広がって、その顔が無邪気に笑った瞬間に思わず嗚咽が漏れそうになる。それと同時に、いくら娘の無念を晴らすためだったとは言え、綾乃は父親のしたことを許してくれるだろうかという疑念がいつものように襲ってきた。この疑念を払拭するには、心の底からCFのシステムを信頼するしかなかった。そしてそれは少しずつ成功しつつあった。

平野明は溶液の海に視線を落とすと一層の力を込めて棒を握り締め、猛然と攪拌作業に取り組んだ。その表情は、一粒たりとも責任の溶け残しを許すまじという気迫に満ち溢れ、そんな彼の様子を古参の工員達は一種の哀れみをもって遠巻きに眺めている。

三十五〈高梨恵〉

高梨恵は郷里に帰るのを止めてそのままアパートで暮らしていたが、森嶋由紀夫が訪ねてくることはなかった。高梨恵は仕事から戻ると、アパートの部屋で自分の手の匂いを嗅いだ。初めて「キンセンカ」にやって来た野崎道太郎の体から漂っていた匂いと自分の手の匂いが同じであることに、彼女は数日前に気付いたばかりである。

「自分の責任が無化される上に十分な収入が得られるのよ。これ以上の解決策はないでしょう?」

確かにCF第十八細胞チーフの豊崎和子の言った通りで、日増しに自分のしたことの責任が薄らいでいくような気がする。そもそも自分はバス爆破の実行犯ではないのだ。それに自分のような色気のない女には、溶液を掻き回す仕事の方が水商売より遥かに似合っているし、収入も場末の三流クラブよりずっと良いのである。

森嶋由紀夫が憎んでいたシステムに自分が乗っかってしまっていることには少なからず後ろめたさはあったが、もし彼が目の前に姿を現し、その上であくまでこのシステムを破壊したいと言うのなら、CFの作業場で働いている今の自分は確実にその役に立てる。高梨恵はそう考えることで辛うじて精神のバランスを保っていた。

点けっ放しのテレビにふと目を遣ると、チルネック疑獄についてのニュースが流れている。音声テープという新証拠の存在にも拘わらず、政官財の誰一人起訴されない可能性が濃厚、とアナウンサーが伝えていた。この事件への世間の関心はこの数日で潮が引くように消えてしまい、検察審査会も取り上げない方向となっている。CFがこの件に深く介在し、チルネック疑獄に関する全ての責任を無化することで莫大な見返りを得たというのが事実だとしても、それで一体誰か困る者がいるだろうかと彼女は思った。もしCFの取引対象が大企業や政治家に限られていれば、義憤に駆られた一般市民がアンチCFの世論を形成する可能性はあったろうが、実際はCFのシステムは一般市民に対しても開かれているのである。誰もが過ちを犯す可能性があり、CFは個人の負った責任をも無にしてくれる。それによって加害者だけでなく犠牲者も楽になる。このどこに、このシステムに反対すべき理由があるというのだろう。

高梨恵はコンビニ弁当を食べてからシャワーを浴び、その後焼酎を飲みながら本を読んだ。溶液の攪拌の仕事は思った以上に体力を消耗した。やがて疲れからくる睡魔に襲われて活字が頭に入らなくなり、高梨恵は本を投げ出して布団に倒れ込んだ。掛け布団に顔を押し付けて肺一杯に息を吸い込むと、微かに森嶋由紀夫の体臭を嗅いだ気がして切なくなった。自分はこの先ずっと一人で生きていくのだろうか。そう思うと深い谷底を覗き込んだようにゾッとする。そんな生に意味はないと思った。森嶋由紀夫さえいてくれたら、彼の思想がどんな理不尽なものであってもそれに殉ずる覚悟は出来ている。何があっても森嶋由紀夫を探して警察の手から守り抜き、彼の言う知行合一の手伝いをしなければ生きている意味はないと思われた。そうだ、何が何でも森嶋由紀夫を探し出すのだ。彼は絶対近くに潜伏しているに違いない。高梨恵は自分の指を森嶋由紀夫の指に見立ててパジャマの下の自分の体を撫で回し、やがて熱い息を吐きながら身悶え、乳首を捻り上げ、股間を連打し、体を弓形に仰け反らせて嬌声を上げた。

数日後の日曜日、高梨恵は通勤に使っている自転車で街を駆け巡った。通勤に送迎バスを使う気にはとてもならなかった。平日の通勤中は元より、休日にも必ず街を経巡って森嶋由紀夫の姿を探すのが習慣になっていたが、この日は特に熱が入った。今日こそきっと会えるという根拠なき確信に、心がすっかり囚われていたのである。

やがて彼女はＣＦ本社に辿り着いた。

自転車を駐輪場に停め、徒歩で敷地内に入っていく。

休日なので散歩する家族連れやカップル、ジョギングや体操をする人々が目に付いた。

高梨恵は北乃真苑の中を歩いた。敷地は余りにも広大で、歩いている内に、都会の中にこれほどの土地を所有出来るCFという巨大企業相手には、どんなテロ行為も全く歯が立たないのではないかと思った。既にCFは、この国そのものになっているのではなかろうか。森嶋由紀夫がCFに対して振り上げた拳は、蟷螂の斧に過ぎなかったのではないか。そんな気がした。しかし森嶋由紀夫がどんなに書けないボールペンであっても、私は彼に随いていく、と彼女は改めて思い定めた。

行く手にちょっとした人だかりがしていた。

近付いていくと野次馬の人垣の向こうに、CF関係者らしき数人が病人を担架で搬送しようとしている光景が見えた。「通して下さい」「どいて下さい」と担ぎ手が言い、担架は人垣を掻き分けながら高梨恵の傍を通り過ぎていく。その時彼女は、担架に乗せられた男の顔を見て目を見開いた。苦しそうに開かれた口の中の前歯は抜けていて、彼女はそれが何度かアパートの近くの道で擦れ違ったことがあるあの初老の男ではないかと思った。高梨恵は一瞬、「その人を知っています」と担ぎ手に声を掛けそうになったが、実際は何も知らないのだと思い直し、黙って見送った。周囲の人々から「死体だったかも」「いや、絶対死んでたぜ」

という声が聞こえた。いつだったたか、彼に食べ掛けのクリームパンを上げようとして思い止まったことがあったのを彼女は思い出した。もしあの時関わりを持ってさえいれば、こんな所で野垂れ死にさせずに済んだのではないかという思いに一瞬囚われたが、しかしそんな博愛精神はもう捨てようと既に心に決めた筈だった。自分が守るべきはただ森嶋由紀夫だけでよいのだ。素性も知らない初老の男になど、構っている余裕はない。

それでも足は何となく、担架が去って行った方向へと向いた。

小一時間ほど歩いて、東雲御所という建物に辿り着いた。CFの社長の私邸であり、勿論敷地内立ち入り禁止となっている。その前に佇んで暫くすると、急に疲労感に襲われた。彼女は近くの自動販売機でスポーツ飲料を買い、ベンチの一つに腰を下ろして喉を潤した。

東雲御所は私邸とは思えないほど立派な建物で、外からでも建物の一部が見えた。

大きなガラス張りの壁の内部を、忙しなく移動する人々の姿が確認出来る。その時彼女はハッとして腰を浮かした。中の一人が、森嶋由紀夫に似た感じに見えたからである。その男はすぐに見えなくなったが、急ぎ足の身のこなしは森嶋由紀夫にそっくりに思えた。勿論他人の空似に違いない。指名手配中の森嶋由紀夫が、ＣＦの社長の私邸の中で歩き回っている筈はなかった。しかしよく考えてみると、全国に六百六十六あるＣＦのビルの一つを狙うより、この東雲御所を狙う方がテロとしては遥かに効率がよい。高梨恵は森嶋由紀夫がまんまと東雲御所に忍び込み、社長を人質に取って爆死させる光景を想像してゾクッとした。その時自分には、彼を支えるような何が出来るだろうかと考えを巡らせている内に汗が引き、寒さに身震いした。

風邪でも引けば明日の仕事に差し支える。

彼女は立ち上がって駐輪場へと引き返した。歩きながら、自分は本当に森嶋由紀夫を愛しているのだろうかと自問自答した。そしてその結論は、間違いなく愛している、だった。自分がＣＦで働いていることで却って、あくまでＣＦに対抗する姿勢を崩さない森嶋由紀夫の勇姿が輝きを増すに違いないと、高梨恵は自分勝手な考えに酔い痴れた。

三十六〈森嶋由紀夫〉

森嶋由紀夫は東雲御所の中を移動していた。スーツに身を包んでいて、一見すると他のスタッフと区別が付かない。彼はパスをカードリーダーに翳してエレベーターに乗り、三階で降りると長い廊下を歩いてＣＦ広報戦略会議室の一室の前に立った。

自動扉が開き、森嶋由紀夫は中に入った。

壁一面分の窓ガラスを通して都会のビル群が見え、その景色に面して巨大なデスクが一つ置かれている。そのデスクに向かって、宝月誠仁が原稿を執筆していた。彼は森嶋由紀夫の方には目もくれず、万年筆を走らせていた。森嶋由紀夫は宝月誠仁を睨み付けながら、その場にじっと立ち尽くした。

長い時間が経過した。

万年筆のペン先が原稿用紙を擦る音が、次第に書斎の中を埋めていくようだった。すると突然、顔を上げることなく宝月誠仁が口を開いた。

「来週、百四十二番ビルに行って貰う」

「はい」

「自爆しそうな弾はいるか？」

「はい。女が一人おります」

「お前のために何でもする女か？」

「はい」

「ではそいつを使え」

「はい」

「今度は少し建物を壊しとけ」

「はい」

「詳しいことは追って連絡する」

「承知しました」

　四十分の沈黙の時間に対して、会話はものの十五秒で終わった。森嶋由紀夫が一礼して書斎を出ようとした時、宝月誠仁の独り言が聞こえた。それは「もう駄目だ、絶対に間に合わん」という嘆きの言葉だった。

森嶋由紀夫の仕事は、CFに対する破壊工作の演出であった。即ち、破壊によって何もない物をあたかも実在するかの如く見せる技術が、彼の売りだった。CFは言うなれば何もない巨大な穴であり、全国に六百六十六あるビルの中もその殆どの階が空きフロアだった。存在しない物を商品にしたところに、菅原哲明社長の独自の才覚があった。

森嶋由紀夫は一度だけ菅原哲明社長の言葉を直接聞いたことがある。

その言葉はこうだった。

「どの国でも責任はひとりでに蒸発していく。中でもこの国は特にそれが顕著だ。トリノもゾ・カレも国民が勝手にやっていることで、我々はそれに名前とちょっとしたフォルムを与えただけだよ」

元々が詐欺師であった森嶋由紀夫は、これを聞いた瞬間「こいつは天才詐欺師だ」と確信し、自ら汚れ仕事を引き受けることを決めたのだった。

案の定、CFの収益は雪だるま式に増え続けている。

そもそもこの国自体が、詐欺なのだった。

が、国民は低いレベルで概ね幸せである。

この作品は2022年6月徳間書店より刊行されました。
なお、本作品はフィクションであり実在の個人・団体などとは一切関係がありません。

徳間文庫

シー C エフ F

2025年1月15日 初刷

著者 吉村萬壱（よしむら まんいち）
発行者 小宮英行
発行所 株式会社徳間書店
東京都品川区上大崎三－一－一 〒141－8202
目黒セントラルスクエア
電話 編集〇三（五四〇三）四三四九
販売〇四九（二九三）五五二一
振替 〇〇一四〇－〇－四四三九二
印刷
製本 中央精版印刷株式会社

ISBN978-4-19-894992-1 （乱丁、落丁本はお取りかえいたします）